A CHAVE ESTRELA

A marca FSC é a garantia de que a madeira utilizada na fabricação do papel deste livro provém de florestas de origem controlada e que foram gerenciadas de maneira ambientalmente correta, socialmente justa e economicamente viável.

PRIMO LEVI

A chave estrela

Tradução
Maurício Santana Dias

Companhia das Letras

Copyright © 1978 e 1991 by Giulio Einaudi editor, Turim
Obra publicada com a contribuição do Ministério das Relações Exteriores da Itália

Grafia atualizada segundo o Acordo Ortográfico da Língua Portuguesa de 1990, que entrou em vigor no Brasil em 2009.

Título original
La chiave a stella

Capa
Victor Burton

Imagem de capa
Composição mecânica (1920) de Fernand Léger

Preparação
Lucila Lombardi

Revisão técnica
George Schlesinger

Revisão
Isabel Jorge Cury
Marise Leal

Dados Internacionais de Catalogação na Publicação (CIP)
(Câmara Brasileira do Livro, SP, Brasil)

Levi, Primo, 1919-1987.
    A chave estrela / Primo Levi; tradução Maurício Santana Dias. — São Paulo : Companhia das Letras, 2009.

    Título original: La chiave a stella.
    ISBN 978-85-359-1400-9

    1. Romance italiano I. Título.

09-00156   CDD-853

Índice para catálogo sistemático:
1. Romances : Literatura italiana   853

[2009]
Todos os direitos desta edição reservados à
EDITORA SCHWARCZ LTDA.
Rua Bandeira Paulista, 702, cj. 32
04532-002 — São Paulo — SP
Telefone: (11) 3707-3500
Fax: (11) 3707-3501
www.companhiadasletras.com.br

though this knave came somewhat saucily into the world [...] there was good sport at his making.

embora esse patife tenha vindo ao mundo de modo meio impertinente [...] foi muito divertido fabricá-lo.

Rei Lear, ato I, cena 1

"Meditado com malícia"

"Ah, não: tudo eu não posso contar. Ou bem lhe digo o lugar, ou então lhe conto o fato — mas eu, se fosse o senhor, escolheria o fato, porque é um fato e tanto. Depois, se o senhor quiser mesmo recontá-lo, basta trabalhar em cima dele, retificar, esmerilhar, tirar as aparas, dar uma insuflada e, pronto, aí está uma bela história; e, apesar de eu ser mais jovem que o senhor, história é o que não me falta. O lugar talvez o senhor adivinhe, assim não precisa acrescentar nada; mas, se eu lhe disser onde fica, eu acabo tendo problemas, porque aquela gente é boa, mas um pouco melindrosa."

Conhecia Faussone havia apenas dois ou três dias. Encontramo-nos por acaso no refeitório, o refeitório para estrangeiros de uma fábrica muito distante, para a qual fui deslocado devido ao meu ofício de químico de vernizes. Nós dois éramos os únicos italianos; ele estava lá havia três meses, mas tinha estado naquelas terras outras vezes e se virava muito bem com a língua, além das quatro ou cinco que já falava, incorretamente, mas com fluência. Tem uns trinta e cinco anos de idade, é alto, seco, quase calvo, bronzeado, sempre bem barbeado. Um rosto sério, quase imóvel e pouco expressivo. Não é um grande narrador: ao contrário, chega a ser bastante monótono, propenso à diminuição e à elipse, como se temesse parecer exagerado, mas muitas vezes se deixa levar e então exagera sem se dar conta. Tem um vocabulário reduzido e frequentemente se exprime por meio de lugares-comuns que talvez lhe pareçam argutos e novos; se quem o escuta não ri, ele repete, como se estivesse lidando com um tonto.

"... porque, sabe, se estou nesse negócio de circular por todos os estaleiros, fábricas e portos do mundo, não é por acaso, e sim porque eu mesmo quis. Todos os jovens sonham em conhecer florestas, desertos ou a Malásia, e eu também sonhei com essas coisas; só que gosto que meus sonhos se tornem reais, senão permanecem como uma doença que a gente carrega pela vida inteira, ou como a cicatriz de uma operação, que volta a doer toda vez que o tempo fica úmido. Havia duas alternativas: esperar ficar rico e depois me transformar num turista ou então trabalhar como montador. Eu optei por ser um montador. É claro que existem outras maneiras — como quem dissesse virar contrabandista etc.—, mas essas coisas não servem para mim, porque eu gosto de conhecer países, mas sou um tipo dentro das regras. Agora já me habituei tanto a esta vida que, se precisasse ficar sossegado num canto, adoeceria: para mim, o mundo é belo porque é variado."

Olhou-me por um momento, com olhos singularmente inexpressivos, e depois repetiu com paciência:

"Se alguém está na própria casa, talvez até esteja sossegado, mas é o mesmo que chupar prego. O mundo é belo porque é variado. Então, como eu estava dizendo, já passei por tantas e boas, mas a história mais sinistra que me aconteceu foi no ano passado, naquele país que prefiro não mencionar, mas posso dizer que é muito longe daqui e também da nossa casa, e, enquanto aqui sofremos um frio danado, lá, ao contrário, faz um calor de rachar durante nove meses do ano, e nos outros três venta muito. Estava lá trabalhando no porto, mas lá não é como em nossa terra: o porto não é do Estado, e sim de uma família, e a família pertence ao pai de família. Antes de começar a trabalhar na montagem, precisei apresentar-me a ele de terno, almoçar, conversar, fumar sem pressa, imagine só, nós que sempre temos as horas contadas. Não por nada, mas é que custamos caro, e esse é o nosso orgulho. Esse pai de família era um tipo meio a meio, meio moderno e meio tradicionalista; vestia uma bela camisa branca, dessas que não são passadas, mas quando entrava em casa tirava os sapatos e também pediu que eu tirasse os meus. Falava inglês melhor do que os ingleses (que, aliás, não lhe agradam muito), mas não me apresentou às mulheres de sua família. Também como patrão devia ser meio a meio, uma espécie de escravocrata progressista: imagine que mandou pendurar sua foto emoldurada em todos os escritórios e até nos depósitos, como se fosse um Jesus Cristo. Mas todo o país é um pouco assim, há um monte de mulas e de monitores, há aeroportos que deixam o de Caselle no chinelo, mas muitas vezes, para chegar a um lugar, é mais rápido ir a cavalo. Há mais boates que padarias, mas se vê gente nas ruas com tracoma.

"O senhor deve saber que montar um guindaste é um trabalho e tanto, e uma ponte rolante é ainda pior, mas não são tarefas que se façam sem uma equipe: é preciso alguém que conheça as malícias do ofício e que coordene tudo — nós — e depois os auxiliares da obra. E é aqui que começam as surpresas. Naquele tal porto, as confusões sindicais também são um grande problema; o senhor sabe, é um país onde, se alguém rouba alguma coisa, cortam-lhe a mão em praça pública: a direita ou a esquerda, a depender do que foi roubado, ou às vezes até uma orelha, mas sempre com anestesia e bons cirurgiões, que estancam a hemorragia num segundo. É verdade, não são lendas, e se alguém começar a espalhar calúnias a respeito de uma dessas famílias importantes, cortam-lhe a língua e pronto.

"Pois bem, apesar de tudo isso, lá eles têm associações muito bem organizadas, que participam de todas as decisões: todos os operários de lá carregam sempre um radinho de pilha, como se fosse um patuá, e se a rádio disser que há greve, tudo para, não há ninguém que ouse levantar um dedo; de resto, se alguém tentasse, era capaz de receber uma facada, talvez não imediatamente, mas dali a dois ou três dias; ou então o sujeito levava uma viga na cabeça ou bebia um café e caía duro. Não gostaria de viver naquele lugar, mas me sinto satisfeito por ter estado lá, porque há certas coisas que a gente só acredita vendo.

"Então eu lhe dizia que estava lá para montar um guindaste de cais, um desses gigantões de braço retrátil, e uma ponte rolante fantástica, quarenta metros de luz e um motor de suspensão de cento e quarenta cavalos; meu Deus, que máquina, me lembre de lhe mostrar a foto amanhã à tarde. Quando terminei de montá-la e fizemos os testes e parecia que tudo ia às mil maravilhas, deslizando feito manteiga, senti como se tivessem me dado um título de comendador e até paguei bebida para todos. Não, vinho não: aquela porcaria que eles chamam de *cumfàn*, com gosto de mofo, mas que refresca e faz bem — mas vamos com calma. Aquela montagem não foi uma coisa simples, não pelo aspecto técnico, que correu perfeitamente bem desde o primeiro parafuso; não, era mais uma atmosfera que se sentia ao redor, como um ar pesado, quando está para cair uma tempestade. Pessoas que falavam pelos cantos, fazendo sinais e caretas que eu não entendia, e de vez em quando surgia um jornal pregado na parede e todos se amontoavam em volta, lendo ou pedindo que lessem em voz alta, e eu ficava sozinho no alto dos andaimes, como um melro.

"Depois a tempestade desabou. Um dia percebi que os operários se chamavam uns aos outros com gestos e assovios; todos foram embora, e aí, como eu não podia fazer nada sozinho, também desci das estruturas e fui assistir à assembleia deles. Era num grande depósito em construção: ao fundo montaram uma espécie de palco, com cavaletes e mesas; subiam ao palco e falavam um depois do outro. Entendo pouco a língua deles, mas se via que estavam furiosos, como se tivessem cometido uma injustiça contra eles. A certa altura subiu um mais velho, que parecia um mestre-de-obras; o sujeito estava muito seguro do que dizia, falava com calma, cheio de autoridade, sem gritar como os outros, e nem precisava disso, porque diante dele todos faziam silêncio. Pronunciou um discurso tranquilo, e todos ficaram convencidos; ao final, fez uma pergunta e todos ergueram a mão gritando não sei o quê; quando fez a pergunta inversa, nenhuma mão se levantou. Então o velho chamou um rapaz que estava na primeira fila e lhe deu uma ordem. O rapaz saiu correndo, foi ao depósito de ferramentas e voltou num instante, segurando numa das mãos a foto do patrão e um livro.

"Perto de mim havia um especialista em testes que era do lugar, mas não sabia inglês; até estabelecemos certa camaradagem, porque convém sempre agradar aos testadores: a cada santo sua vela."

Faussone tinha acabado de comer uma porção abundante de assado, mas chamou a garçonete e pediu uma segunda porção. A mim me interessava mais a sua história, e não os seus provérbios, mas ele o repetiu com método:

"Em todos os países do mundo é assim, os santos exigem suas velas: eu tinha dado àquele especialista em testes uma vara de pescar, porque é bom agradar aos testadores. Assim ele me explicou que se tratava de uma questão boba: havia tempos os operários pediam que a cantina da fábrica oferecesse refeições compatíveis com a sua religião; no entanto o patrão queria posar de pessoa moderna, embora no fim das contas fosse um ferrenho partidário de outra religião, mas aquele país é um labirinto de religiões no qual qualquer um se perde. Enfim, mandou o chefe de pessoal dizer que ou eles se contentavam com o refeitório do jeito que estava, ou nada de refeitório. Já tinha havido duas ou três greves, mas o patrão não tinha nem piscado o olho, porque afinal as provisões eram magras. Então surgiu a proposta de fazer-lhe a caveira, só por represália."

"Como assim, fazer-lhe a caveira?"

Faussone explicou-me pacientemente que fazer a caveira é como fazer um feitiço, lançar um mau-olhado sobre alguém, fazer uma mandinga:

"... não necessariamente para matá-lo: ao contrário, daquela vez com certeza não queriam que ele morresse, porque o irmão mais novo era pior do que ele. Queriam apenas meter-lhe medo, sei lá, que pegasse uma doença, sofresse um acidente, só para ver se mudava de ideia, e também para deixar claro que eles sabiam se defender.

"Então o velho pegou uma faca, arrancou os pregos da moldura e a destacou do retrato. Parecia que ele tinha grande prática naqueles trabalhos; abriu o livro, fechou os olhos, pôs o dedo numa página, depois abriu de novo os olhos e leu no livro alguma coisa que não entendi, nem o testador. Pegou a foto, fez um rolo com ela e a amassou bem com as mãos. Mandou que buscassem uma chave de fenda, ordenou que a deixassem em brasa num fogão a querosene e a enfiou no rolo amassado. Aí desdobrou a foto e a exibiu, e todos batiam as mãos: a foto tinha seis buracos de queimadura, um na testa, outro perto do olho direito, um no canto da boca. Os outros três se espalharam no fundo, fora do rosto.

"Então o velho repôs a foto na moldura do jeito que estava, amassada e furada, e o garoto partiu para recolocá-la no lugar, e todos voltaram a trabalhar.

"Pois bem, no final de abril o patrão ficou doente. Não disseram com todas as letras, mas a notícia se espalhou logo, sabe como é. Desde o início parecia que era grave — não, não tinha nada no rosto, a história já é bastante estranha do jeito que é. A família quis logo metê-lo num avião e despachá-lo para a Suíça, mas não houve tempo: ele tinha algo no sangue e em dez dias morreu. E pense que era um tipo robusto, que nunca esteve doente, sempre girando pelo mundo de avião e, entre uma viagem e outra, sempre atrás das mulheres ou jogando toda a noite, até o sol raiar.

"A família denunciou os operários por homicídio, aliás, por 'assassínio meditado com malícia': me disseram que lá era assim. Como se vê, eles têm tribunais que é melhor nem passar por perto. E não há um código só, mas três, de modo que eles escolhem um ou outro segundo a conveniência do mais forte ou de quem paga mais. A família, como eu dizia, argumentava que houve o assassinato: houve a vontade de matar, houve ações que visaram à morte e houve a morte. O advogado de defesa respondeu que as ações não pretendiam aquele resultado, no máximo apenas causariam erupções na pele, não sei, abscessos ou furúnculos; disse que, se a foto tivesse sido cortada ao meio ou queimada com gasolina, aí sim teria sido grave. Porque parece que, de acordo com as mandingas, de um furo nasce um furo, de um corte, um corte, e assim por diante; a gente acha a coisa meio engraçada, mas todos eles acreditam nisso, até os juízes, até os advogados de defesa."

"Como terminou o processo?"

"O senhor deve estar brincando: ainda continua, e vai continuar até sabe-se lá quando. Naquele país os processos não terminam nunca. Mas aquele testador que eu mencionei prometeu que me manteria informado, e, se o senhor quiser, eu também posso mantê-lo informado, se é que essa história lhe interessa."

A garçonete veio servir a portentosa porção de queijo que Faussone pedira; tinha uns quarenta anos, era magrinha e curvada, com cabelos lisos e oleosos por causa de algum produto, o rosto triste de cabra assustada. Olhou Faussone com insistência, e ele sustentou o olhar com ostensiva indiferença. Quando foi embora, me disse:
"Parece o cão chupando manga, coitadinha. Mas fazer o quê? A cavalo dado não se olham os dentes."
Fez um gesto com a mandíbula em direção ao queijo e me perguntou com escasso entusiasmo se eu aceitava um pouco. Depois o atacou com avidez e, entre uma bocada e outra, retomou:
"O senhor sabe, aqui, em matéria de garotas, é um fiasco. A cavalo dado não se olham os dentes. Dado pela fábrica, digo."

Clausura

"... Ah, nem dá para acreditar: entendo que o senhor tenha tido vontade de escrever essas coisas. Sim, eu também já sabia de algo; meu pai, que também esteve na Alemanha, mas em outra situação, me contava alguns casos: seja como for, veja bem, nunca peguei nenhum trabalho na Alemanha, nunca simpatizei com aquelas terras, me arranjo em várias línguas, falo até um pouco de árabe e de japonês, mas não sei nem uma palavra de alemão. Dia desses quero lhe contar a história de meu pai prisioneiro de guerra, mas não é como a sua, está mais para o cômico. Eu nunca estive na prisão, porque nos dias de hoje, para um sujeito acabar na cadeia, é preciso aprontar uma das boas; no entanto — acredita? — uma vez me aconteceu de pegar um trabalho que, para mim, foi pior do que estar numa prisão; aliás, se eu tivesse que ser preso a sério, acho que não resistiria nem dois dias. Quebraria a cabeça contra os muros ou então morreria do coração, como acontece com as andorinhas e os rouxinóis se alguém tenta engaiolá-los. E não ache que isso que passei foi em algum lugar distante: ocorreu a dois passos de nossa casa, num local em que, quando o vento sopra forte e o ar se limpa, dá até para ver a Superga e a Mole; mas é muito raro que o ar esteja limpo naquelas bandas.

"O fato é que me chamaram, a mim e a alguns outros, para um trabalho que não tinha nada de especial, nem em relação ao lugar nem à dificuldade: o local eu já lhe disse qual é, quer dizer, não disse exatamente onde era, mas nós também precisamos manter certo sigilo profissional, assim como os médicos ou os padres quando recebem a confissão. Quanto à dificuldade, era só um andaime em forma de torre, com uns trinta metros de altura, seis por cinco na base, e eu nem estava sozinho; era no outono, não fazia frio nem calor, enfim, quase não era um trabalho, era um trabalho para descansar dos outros trabalhos e para respirar de novo o ar da minha cidade; e eu estava precisando disso, porque tinha acabado de chegar de uma empreitada terrível, a montagem de uma ponte na Índia, que um dia desses preciso mesmo lhe contar.

"Até o desenho da torre não era nada fora do comum, tudo em módulos seriados, ferros em L e em T, nenhuma solda complicada, pisos em grelha no formato UNI; além disso, a montagem seria feita com a estrutura deitada, de modo que não era preciso subir mais que seis metros nem o caso de usar amarras. No final viria um guindaste para erguer a torre e colocá-la de pé. Num primeiro momento, nem imaginei qual seria sua utilidade: tinha visto nos desenhos que ela deveria servir de sustentação a uma estrutura bem complicada de indústria química, com colunas grandes e pequenas, trocadores de calor e um monte de tubulações. Só me disseram que era uma fábrica de destilação, para recuperar um ácido das águas de despejo, porque senão..."

Sem querer e sem saber, devo ter assumido uma expressão especialmente interessada, porque Faussone parou de falar e, num tom entre espantado e irritado, me disse: "Mas afinal, se não for segredo, o senhor vai me dizer qual é seu ofício e o que veio fazer por estas bandas?", mas depois prosseguiu sua narrativa.

"Ainda que eu não fosse o responsável, mesmo assim gostava de vê-lo crescer dia a dia, parecia assistir ao crescimento de um bebê, quero dizer, um bebê que ainda nasceria, quando ainda está na barriga da mãe. É claro que se tratava de um bebê meio estranho, porque pesava umas sessenta toneladas só de estruturas, mas crescia não de modo aleatório, como cresce a grama: expandia-se preciso e ordenado segundo os projetos, de modo que, quando depois montamos as escadinhas entre cada andar, que aliás eram bem complicadas, encaixaram-se imediatamente, sem que fosse necessário recorrer a cortes ou emendas, e isso é uma coisa que dá gosto, como quando fizeram a perfuração do Frejus, que durou treze anos, mas depois o buraco francês e o buraco italiano se encontraram com uma diferença de nem vinte centímetros, tanto é que depois ergueram aquele monumento todo negro na piazza Statuto, com aquela senhora que voa no alto.

"Como lhe disse, não estava sozinho naquele trabalho, se bem que um trabalho como aquele, se tivessem me dado três meses e dois operários eficientes, eu poderia ter feito sem a ajuda de ninguém. Éramos quatro ou cinco, porque a empresa que encomendara o serviço estava com pressa e queria a torre de pé em vinte dias, no máximo. Ninguém me dera o comando da equipe, mas desde o primeiro dia foi quase natural que eu a comandasse, porque era quem tinha mais experiência — o que, entre nós, é a única coisa que conta; não temos patentes nos ombros. Não falei muito com o contratador da obra, porque estávamos sempre apressados, mas logo nos entendemos, porque ele também era um desses caras que não fazem pose, mas sabem das coisas e são capazes de comandar sem jamais dizer uma palavra mais dura; que não fazem pesar o dinheiro que lhe pagam; que, se você erra, não ficam enfurecidos; e que, quando eles mesmos erram, depois refletem sobre o erro e lhe pedem desculpas. Era um das nossas bandas, um homem franzino como o senhor, só um pouco mais jovem.

"Quando finalmente o andaime foi concluído, com seus trinta metros, ele tomava toda a área e era desajeitado, meio ridículo, como todas as coisas que são feitas para estar de pé e, ao contrário, permanecem deitadas; enfim, dava pena de ver, que nem uma árvore abatida, e tivemos pressa em chamar as gruas para que o pusessem de pé. Foram necessárias duas, de tão comprido que era, e as gruas deveriam suspendê-lo pelas extremidades e conduzi-lo devagar até a base de concreto armado, que já estava pronta para recebê-lo; e uma das duas, com o braço telescópico, o ergueria na vertical e depois o fixaria na base. Tudo bem, ele fez sua viagem da área onde estava até os depósitos, mas, para contornar os depósitos, foi preciso derrubar um trecho de muro, mas nada de grave; quando o fundo estava apontado para a base, a grua menor foi liberada, e a outra projetou o seu braço com o andaime pendurado, que aos poucos ficou de pé; e até para mim, que já vi uma infinidade de guindastes, me pareceu um belo espetáculo, até porque se ouvia o motor roncando todo tranquilo, como se dissesse que para ele aquela tarefa era uma coisinha à toa. Deixou a carga baixar com precisão, com os furos perfeitamente ajustados nos pontos de ancoragem, depois apertamos os parafusos, fizemos um brinde e fomos embora. Mas o contratador veio depressa atrás de mim: disse-me que tinha verba, que o trabalho mais difícil ainda estava por fazer, me perguntou se eu tinha outros compromissos e se sabia soldar aço inoxidável; enfim, para resumir, como eu não tinha outros compromissos e como ele era simpático, e o trabalho também, respondi-lhe que sim, e ele me contratou como chefe-montador de todas as colunas de destilação e das tubulações de serviço e de trabalho. De serviço são aquelas por onde passam a água de resfriamento, o vapor, o ar comprimido e assim por diante; de trabalho, por onde passam os ácidos a serem trabalhados — é assim que se diz.

"Eram quatro colunas, três pequenas e uma grande, e essa grande era enorme, mas a montagem não era difícil. Era apenas um tubo vertical de aço inoxidável, com trinta metros de altura, ou seja, da mesma altura do andaime que justamente deveria sustentá-lo, e com um metro de diâmetro: chegou dividida em quatro partes, de modo que deveriam ser feitas três emendas, uma com anel e duas com solda em ponta, uma passada interna e outra externa, porque a chapa era de dez milímetros. Para fazer a parte interna, tive que descer desde o alto do tubo numa espécie de gaiola parecida com aquelas dos papagaios, pendurada numa corda; a coisa era feia, mas fiz tudo em poucos minutos. Porém, quando comecei com as tubulações, achei que ia enlouquecer, porque sou de fato um montador de estruturas, mas um trabalho complicado como aquele eu nunca tinha visto. Eram mais de trezentos, de todos os calibres, de um quarto até dez polegadas, de todos os comprimentos, com três, quatro, cinco cotovelos, e nem todos em ângulo reto, e de todo os materiais — tinha até um de titânio, que eu nem sabia que existia e que me fez suar sete camisas. Era o tubo onde passava o ácido mais concentrado. Todas essas tubulações em conjunto articulavam a coluna grande às pequenas e aos trocadores, mas o esquema era tão complicado que eu o estudava de manhã e à noite já tinha esquecido. No fim das contas, nunca entendi direito como aquele maquinário funcionaria depois.

"A maior parte das tubulações era de aço inoxidável, e o senhor sabe que o inoxidável é um excelente material, mas não é fácil, quero dizer, a frio ele não cede... Não sabia? Desculpe, mas pensei que os senhores aprendessem essas coisas na escola.

Não cede e, se for bem aquecido, deixa de ser tão inoxidável. Em resumo, era um tal de montar, puxar, limar e depois remontar que não acabava mais; e, quando ninguém estava olhando, apelava até para o martelo, porque o martelo ajusta tudo, tanto que na Lancia o chamam de 'o engenheiro'. Enfim, quando terminamos com os tubos, parecia que estávamos na selva de Tarzan e era difícil passar no meio de tudo aquilo. Depois vieram os calafetadores para calafetar e os envernizadores para envernizar, e entre uma coisa e outra se passou um mês.

"Um dia eu estava justamente no alto da torre com a chave estrela, verificando os parafusos, quando vi chegar lá em cima o contratador, meio sem fôlego porque trinta metros são como um prédio de oito andares. Tinha um pincelzinho, um pedaço de papel, um ar maroto e começou a recolher o pó da placa de vedação da coluna que eu tinha fixado um mês antes. Eu o observava com desconfiança e dizia cá comigo: 'Esse sujeito veio para criar problemas'. No entanto eu estava errado: depois de um tempo ele me chamou e me mostrou o pó cinzento que ele tinha espalhado no papel com o pincelzinho.

'Sabe o que é isto?', perguntou.

'Poeira', respondi.

'Sim, mas a poeira das ruas e das casas não chega até aqui. Isto é poeira que vem das estrelas.'

Achei que ele estivesse me pregando uma peça, mas depois descemos e ele me fez ver com a lente que eram pequenas esferas redondas e me mostrou que o ímã as atraía, ou seja, as bolinhas eram de ferro. Então me explicou que eram estrelas cadentes que tinham acabado de cair: se alguém sobe a uma certa altura num lugar limpo e isolado, sempre encontra essas partículas, basta que não haja nenhuma inclinação e que a chuva não as leve embora. O senhor não acredita nisso, nem eu acreditei naquele momento; mas em meu trabalho frequentemente me vejo em lugares altos como aquele e depois constatei que a poeira sempre está lá, e quanto mais os anos passam, mais se acumula, de modo que funciona feito um relógio. Ou melhor, como uma daquelas ampulhetas que servem para fazer ovos cozidos; eu já recolhi um pouco dessa poeira em todas as partes do mundo e conservo tudo numa caixinha — quero dizer, na casa de minhas tias, porque casa eu não tenho. Se um dia nos encontrarmos em Turim eu lhe mostro, mas pensando bem é uma coisa melancólica, todas aquelas estrelas cadentes que parecem cometas de presépio, alguém olha e pensa num desejo e depois despencam, esfriam e se transformam em bolinhas de ferro de dois décimos. Mas não me faça perder o fio.

"Então eu estava dizendo que, terminado o trabalho, aquela torre parecia um bosque; e parecia também aquelas figuras que se veem nas salas de espera dos médicos, O CORPO HUMANO: uma com os músculos, uma com os ossos, uma com os nervos e uma com todas as vísceras. Músculos ela realmente não tinha, porque não havia nada que se movesse, mas todo o resto estava ali, e as veias e vísceras quem montou fui eu. O órgão número um, o estômago ou o intestino, era aquela coluna grande que lhe disse. Enchemos o tubo de água até em cima e botamos dentro d'água dois caminhões de argolinhas de cerâmica, da grossura de um punho: a água servia para que as argolinhas descessem devagar sem se quebrarem, e, uma vez escoada a água, as argolinhas deveriam formar uma espécie de labirinto, de maneira que a mistura de água e de ácido que entrava até metade da coluna tivesse tempo de separar-se bem; o ácido devia sair do fundo, e a água da parte de cima, como vapor, e depois devia condensar-se em um trocador e acabar não sei onde; aliás, já lhe disse que não entendi bem toda essa química. Era preciso que as argolas não se quebrassem, que se depositassem bem de leve umas sobre as outras, e que no final enchessem a coluna até o topo. Jogar essas argolas lá do alto era um trabalho divertido, elas subiam em baldes puxados por um monta-cargas elétrico e depois as fazíamos cair na água a conta-gotas e parecia que éramos crianças fazendo bolos com areia e água e os adultos dizem cuidado para não se molhar todo; e de fato fiquei todo molhado, mas fazia calor e era até bom. Demoramos quase dois dias nisso. Havia também colunas menores que precisávamos encher de argolinhas, mas para que elas serviam, eu não saberia dizer mesmo, mas foi um trabalho de duas ou três horas: depois me despedi, passei no caixa para pegar meu dinheiro e, como tinha uma semana de férias atrasadas, fui pescar trutas no Val di Lanzo.

"Quando saio de férias nunca deixo o endereço, porque sei exatamente o que acontece; dito e feito, volto e encontro as tias assustadíssimas, com um telegrama do contratador nas mãos, porque para elas, coitadas, basta um telegrama e já perdem a cabeça: senhor Faussone favor contatar imediatamente. O que se há de fazer? Liguei para ele, isto é, entrei em contato, que é mais elegante, e logo fiquei sabendo pela voz dele que algo não ia bem. Tinha a voz de alguém que ligava para chamar uma ambulância, mas não queria demonstrar a emoção para não perder o estilo: dizia que eu deixasse tudo o que estivesse fazendo e fosse imediatamente até ele, pois haveria uma reunião importante. Tentei saber que tipo de reunião era aquela e o que eu tinha a ver com isso, mas não consegui, porque ele só insistia que eu fosse logo e quase parecia à beira do choro.

"Então me apresso, parto e me deparo com um pandemônio. Ele, o contratador, estava com a cara de quem tinha passado a noite na farra, mas na verdade esteve o tempo todo ao lado das instalações que estavam variando; é claro que na noite anterior ele se deixara tomar pelo medo, como quando se tem um doente em casa e não se sabe que mal-estar ele tem, e então perde a cabeça e sai telefonando a seis ou sete médicos, quando o melhor seria chamar apenas um, mas bom. Ele tinha chamado o projetista, o construtor das colunas, dois eletricistas que se espreitavam feito cão e gato, o químico responsável, que também estava em férias, mas teve de deixar o endereço, e um sujeito com uma pança enorme e uma barba ruiva que falava sem parar e não se entendia bem o que ele estava fazendo ali, mas depois se soube que era um advogado amigo dele; mas, mais do que advogado, acho que ele o chamou à reunião para que lhe desse coragem. Toda essa gente estava ali, aos pés da coluna, olhando para o alto, indo e vindo tropeçando uns nos outros, tentando acalmar o contratador com um monte de disparates; o fato é que até a coluna estava dizendo disparates, meio como um doente com febre alta que começa a dizer besteiras, mas, como talvez esteja prestes a morrer, todos o levam a sério.

"Para uma doente, aquela coluna devia estar mesmo bem enferma, qualquer um podia perceber isso, e de fato até eu notava, embora não fosse da equipe e só estivesse ali porque o contratador me chamou, já que eu pus dentro dela as argolinhas. Tinha uma espécie de ataque a cada cinco minutos. Ouvia-se um zumbido leve e tranquilo que aos poucos ia se tornando cada vez mais forte, irregular, como uma grande fera que estivesse sem fôlego; a coluna começava a vibrar e depois de um tempo toda a estrutura se punha a trepidar, parecendo que viria um terremoto, e então o pessoal fazia de conta que nada estava acontecendo, um amarrava o sapato, outro acendia um cigarro, mas todos davam um jeito de se afastarem um pouco dali; depois se ouvia como o estouro de um bumbo, mas abafado, como se partisse do subterrâneo, um rumor de ressaca, quero dizer, como de cascalho que escorre, e depois mais nada, apenas o zumbido de antes. Tudo isso a cada cinco minutos, regular feito um relógio; e estou lhe dizendo isso porque, embora eu não tivesse muito a ver com o caso, entre todos os que estavam lá só o projetista e eu mantivemos um pouco de calma para ver as coisas sem perder a cabeça: e quanto mais eu ficava ali, mais me vinha a forte impressão de ter um bebê doente em meus braços. Talvez seja porque o vi crescer e até estive soldando ele por dentro; ou porque estava se lamentando assim, sem motivo, como alguém que ainda não consegue falar, mas se vê que está mal; ou então porque eu me sentia meio como um médico que, diante de alguém que está mal, primeiro põe o ouvido em suas costas, depois dá várias pancadinhas pelo corpo e lhe mete um termômetro, e eu e o projetista estávamos fazendo justamente isso.

"Colar o ouvido naquelas placas enquanto a crise prosseguia causava uma forte impressão: ouvia-se um grande revolver de vísceras em desordem, a tal ponto que minhas próprias tripas quase começaram a se mexer também, mas me segurei para salvar minha dignidade; e quanto ao termômetro, é claro que não era como os termômetros que alguém enfia na boca ou debaixo do braço. Era um termômetro múltiplo, com vários bimetais em todos os pontos estratégicos da instalação, um quadrante e uns trinta pulsantes para escolher o ponto onde se queria ler a temperatura, enfim, um negócio muito bem estudado; porém, como o centro da coluna grande, sim, da coluna que estava doente, era justamente o coração de todo o sistema, naquele ponto também havia uma termocópia, que comandava um termógrafo, o senhor sabe, uma agulha que escreve a curva da temperatura sobre um rolo de papel milimetrado. Pois bem, aquilo causava maior impressão ainda, porque se via ali toda a sua história clínica, desde a noite em que haviam acionado a instalação.

"Via-se a progressão, ou seja, o traço que partia de vinte graus e subia em duas ou três horas a oitenta, depois um trecho tranquilo, reto, durante umas vinte horas. Depois havia como um sobressalto, tão fino que mal se percebia, e isso durava precisamente cinco minutos; daí em diante, era uma sucessão de sobressaltos, cada vez mais intensos, todos com exatos cinco minutos. Aliás, os últimos, os da noite anterior, nem eram mais sobressaltos, eram ondas de dez a doze graus de diferença, que subiam íngremes e despencavam de uma vez; e pegamos uma dessas ondas em plena queda, o projetista e eu: via-se o traço subindo enquanto dentro da coluna a agitação também aumentava, e de repente caía assim que soava aquela batida de tambor e o barulho da queda. O projetista, que era jovem mas sabia o que fazia, disse-me que o outro lhe telefonara a Milão já na primeira noite porque queria uma autorização para desligar tudo, mas ele não confiara e tinha preferido pegar o carro e descer, porque a operação de desligamento não era assim tão simples, e ele tinha medo de que o contratador fizesse alguma bobagem; agora, porém, não havia mais nada a fazer. Sendo assim, quem comandou a manobra foi ele, e em meia hora tudo parou, ouviu-se um grande silêncio, a curva desceu como um aeroplano que pousa, e tive a impressão de que todo o maquinário deu um suspiro de alívio, como quando alguém está mal e lhe dão morfina e o corpo adormece e por um tempo para de sofrer.

"Eu continuava dizendo a ele que eu não tinha nada a ver com aquilo, mas o contratador nos fez sentar todos ao redor de uma mesa para que cada um se manifestasse. A princípio não ousei me manifestar, mas pelo menos eu tinha uma coisa a dizer, sim, porque fui eu quem jogou as argolas lá dentro e, como tenho o ouvido muito fino, percebi que aquele barulho de vísceras agitadas era o mesmo barulho de quando despejávamos as argolas dos baldes para dentro da coluna: um chiado como o de uma caçamba ao descarregar pedrisco, que ronca, levanta, levanta, e depois de repente a brita começa a deslizar e desce como uma avalanche. No fim das contas revelei baixinho essa minha ideia ao projetista que estava ao meu lado, e ele se pôs de pé e a repetiu com belas palavras, como se fosse ideia sua, e acrescentou que, segundo ele, a doença da coluna era um caso de flading; porque, o senhor sabe, se alguém tem propensão de se gabar, qualquer oportunidade é boa. Disse que a coluna estava em flading e que era preciso abri-la, esvaziá-la e examiná-la por dentro.

"Logo em seguida todos estavam falando de flading, exceto o advogado, que ria sozinho feito um idiota e dizia algo em segredo ao contratador: talvez já pensasse em mover uma ação. E todos olhavam este que lhe fala, como se já estivesse decidido que o homem que devia salvar a situação era eu; e devo dizer que no fundo isso não me desagradava, um pouco pela curiosidade, um pouco também porque aquela coluna que gemia e recolhia no alto a poeira das estrelas e já começava a fazer suas necessidades... é verdade, acho que ainda não lhe disse, mas era possível constatar sua urgência, porque no pico de cada onda de calor, por baixo se via escorrer bem lentamente uma matéria marrom que se espalhava sobre a base; bem, enfim, a coisa me dava pena, como alguém que sofre e não é capaz de se expressar. Pena e irritação, porque mesmo quando não gostamos do doente a gente termina dando uma mão para que ele se cure e pelo menos pare de se lamentar.

"Nem lhe conto quão complicada foi essa operação. Argumentou-se que dentro da coluna havia duas toneladas de ácido, um material que tinha custado dinheiro, e de qualquer modo não se podia jogá-lo no esgoto porque ele poluiria toda a zona; e, como se tratava justamente de um ácido, não se podia sequer transferi-lo para um reservatório qualquer, era preciso um de aço inoxidável, e também a bomba devia ser uma bomba imune à corrosão, porque era necessário recolher o material pelo alto, visto que não se podia descarregá-lo usando a força da gravidade. Mas com a ajuda de todos a gente conseguiu resolver o problema, descarregamos o ácido, limpamos a coluna com vapor para que não fedesse tanto e a deixamos resfriar.

"Àquela altura era a minha vez de entrar em cena. As passagens de homem eram três, uma no alto da coluna, outra na metade e outra na base — o senhor sabe que essas passagens têm esse nome porque são buracos redondos por onde um homem pode passar; há outras assim nas caldeiras das locomotivas a vapor, e não pense que é fácil um homem passar por elas, já que só têm cinquenta centímetros de diâmetro, e eu sei de muitos que tinham um pouco de barriga e por isso ou não passavam, ou então ficavam entalados ali. Quanto a mim, nesse aspecto nunca tive problemas, como o senhor pode ver. Segui as instruções do projetista e comecei a desparafusar lentamente a passagem de homem do alto: com cuidado, para o caso de alguma argola saltar para fora. Afasto a placa, apalpo com um dedo, depois com a mão, e nada: devia ser lógico que as argolas se depositassem um pouco mais abaixo. Retiro a placa e vejo tudo escuro. Passam-me uma lanterna, enfio a cabeça dentro e torno a ver tudo escuro, nada de argolas, como se eu tivesse sonhado que as colocara ali: via apenas um poço que parecia sem fundo e só quando habituei os olhos à escuridão notei uma espécie de mancha branca lá embaixo, que mal dava para ver. Descemos um peso atado a uma linha que tocou o fundo a vinte e três metros: os nossos trinta metros de argolas tinham se reduzido a sete.

"Houve um grande alarido e discussão, e por fim entendemos o estrago, que dessa vez não era um modo de dizer, mas era um verdadeiro estrago, porque foram as argolas que ficaram moídas lá dentro. Imagine só o trabalho: eu lhe disse que eram argolas de cerâmica e que elas eram frágeis, tão frágeis que as jogamos ali com água como amortecedor. Vê-se que algumas começaram a se romper, e os fragmentos fizeram um estrato na base da coluna; então o vapor passou a forçar o caminho, rompendo o estrato com força, e essa força rompia as outras argolas, e assim por diante. No fim das contas, e as contas quem fez foi o projetista, tomando por base a cota de argolas, restaram poucas peças inteiras. De fato, abri a passagem de homem do meio e me deparei com o vazio; abri a de baixo e encontrei uma papinha de areia e pedrinhas cinzentas, que era tudo o que restava da carga de argolas; uma papa tão compacta que, quando tirei o aro da base, ela nem se mexeu.

"Só restava fazer o seu enterro. Já assisti a muitos funerais como esse, quando se trata de fazer desaparecer e se desvencilhar de uma coisa que não deu certo, que fede feito um morto e que, se a deixarmos apodrecendo ali, é como um sermão que não acaba mais, ou melhor, é como uma sentença de tribunal, um pró-memória a todos que estiveram envolvidos: 'Não se esqueça, esta cretinice quem aprontou foi você'. E não é à toa que aqueles que têm mais pressa de fazer o funeral são justamente os que sentem mais culpa; e naquela vez foi o projetista, que veio me dizer com ar desenvolto que bastava uma bela lavagem com água e toda aquela maçaroca desapareceria num instante, e depois colocaríamos novas argolas dentro do inoxidável, por conta dele, naturalmente. Quanto à lavagem e ao funeral o contratador estava de acordo, mas quando ouviu falar de outras argolas tornou-se uma besta feroz: que ele acendesse uma vela a Nossa Senhora por não ter que responder a um processo por danos, mas argolas nunca mais, era preciso inventar algo melhor, e bem depressa, porque ele já havia perdido uma semana de produção.

"Eu estava livre de culpas, mas, ao ver ao meu redor tanta gente de mau humor, também sucumbi à melancolia, ainda mais porque o tempo piorara e, em vez de outono, já parecia inverno. Depois logo se viu que não era um trabalho assim tão rápido: aquele material, quero dizer, aquelas argolas despedaçadas, eram fragmentos ásperos que se emaranharam uns nos outros, porque a água que jogávamos com o hidrante escoava por baixo do mesmo modo que entrava, limpinha, e toda aquela massa não se movia. O contratador começou a dizer que talvez, se alguém descesse lá dentro com uma pá... mas falava olhando a paisagem, sem olhar nos olhos de ninguém, e com uma voz tão tímida que era óbvio que nem mesmo ele acreditava naquilo. Tentamos diversos meios, e constatou-se definitivamente que o melhor sistema era injetar água por baixo, como sempre se faz quando alguém está constipado: enroscamos o hidrante no tubo de descarga da coluna e demos pressão máxima; por um instante não se ouviu nada, depois, escutou-se como um enorme soluço, e o material começou a mover-se e a sair lentamente como um riacho de lama; eu tinha a sensação de ser um médico, ou melhor, um veterinário, porque naquele momento, mais que uma criança, a coluna doente transformava-se para mim num daqueles bichos que existiam no princípio dos tempos, que eram altos como uma casa e depois foram todos dizimados, sabe-se lá por quê. Talvez quem sabe por constipação.

"Mas, se não me engano, tinha começado essa história por outro caminho e depois me deixei levar. No início eu lhe falava da prisão e desse trabalho pior que uma prisão. É claro que, se eu soubesse de antemão os efeitos que me trariam, nunca teria aceitado um trabalho daquele tipo, mas o senhor sabe que a gente só aprende mais tarde a dizer não a um trabalho, e, para dizer a verdade, até hoje não aprendi a fazer isso, imagine então naquela época, quando eu era mais jovem e me ofereciam um adiantamento que me fazia fantasiar dois meses de férias com minha namorada; além disso, o senhor deve saber que sempre gostei de me adiantar quando todos dão um passo atrás, e isso me agrada ainda, e eles souberam perceber perfeitamente o tipo que eu era. Elogiaram-me de todo jeito, dizendo que outro montador como eu eles jamais encontrariam, que tinham confiança em mim, que aquele era um trabalho de responsabilidade, e tudo o mais. Resumindo, acabei dizendo que sim, mas só porque não me dava conta da enrascada.

"O fato é que o projetista, apesar de competente, tinha dado um tropeço para ninguém botar defeito; entendi tudo pelas conversas que fui ouvindo, mas também pela cara dele. Parece que, numa coluna como aquela, não se devia colocar nenhuma argola, nem de cerâmica nem de qualquer outro material, porque elas bloqueavam os vapores; a única coisa a ser posta ali seriam uns pratos, ou melhor, uns discos perfurados de aço inoxidável, um a cada meio metro de altura, ou seja, uns cinquenta no total... então o senhor conhece essas colunas a disco? Conhece? Mas garanto que não sabe como são montadas. Mas é compreensível, as pessoas viajam de carro e nem se dão conta de todo o trabalho condensado ali dentro; ou então fazem as contas numa dessas calculadoras de bolso e num primeiro momento se espantam, depois se habituam e tudo lhes parece natural; de resto, também acho natural que eu decida levantar esta mão e eis que a mão se levanta, mas é só uma questão de hábito. É justamente por isso que eu gosto de falar sobre minhas montagens: porque muitos não se dão conta. Mas voltemos aos pratos.

"Cada prato é dividido em dois, como duas meias-luas que se encaixam uma na outra: eles vêm divididos assim porque, se fossem inteiros, a montagem seria muito difícil ou até impossível. Cada prato se apoia em oito suportes planos soldados na parede da coluna, e meu trabalho consistia justamente em soldar esses suportes, começando desde baixo. Vai-se subindo e soldando tudo em círculo, até que se chegue à altura do ombro: não mais que isso, porque o senhor sabe como é cansativo. Então se monta o primeiro prato sobre o primeiro círculo de suportes, sobe-se nele com sapatos de borracha e, como temos mais que meio metro, solda-se outro círculo de suportes. O ajudante desce de cima dois outros meios-pratos, monta-se um após outro, forma-se uma nova base, e assim por diante: um círculo de suportes e um prato, um círculo e um prato, até o topo. Mas o topo tinha trinta metros de altura.

"Pois bem, eu tinha feito todo o traçado sem nenhuma dificuldade, mas, quando estava a dois ou três metros do chão, comecei a me sentir estranho. A princípio pensei que fossem os vapores do eletrodo, embora houvesse uma ótima exaustão; ou talvez a máscara, porque quando se solda por horas a fio é preciso cobrir o rosto inteiro, senão a pele se queima e começa a soltar. Mas a coisa piorava cada vez mais, eu sentia uma espécie de peso aqui, na boca do estômago, e a garganta fechada que nem a das crianças quando querem chorar e não conseguem. O pior de tudo era a cabeça, que parecia um carrossel: me vinham à mente várias coisas esquecidas lá no fundo da memória, aquela irmã de minha avó que se tornara freira em clausura, 'quem ultrapassa esta porta não sai nunca mais, nem viva nem morta'; e as histórias que contavam na região, daquele que meteram num caixão e enterraram e na verdade ele não estava morto e de noite, no cemitério, batia com os punhos para sair. Também tinha a impressão de que aquele tubo estava se tornando cada vez mais estreito, me sufocando feito um rato na barriga de uma cobra, e eu olhava para cima e via o topo lá longe, a ser alcançado por passinhos de meio metro a cada vez, e me vinha uma vontade enorme de sair dali, mas no entanto resistia porque, depois de todos os elogios que tinham me feito, não queria fazer um papelão.

"Enfim, demorei dois dias, mas não voltei atrás e acabei chegando ao topo. Mas devo confessar que, depois daquilo, de vez em quando, assim, de repente, volto a sentir aquela sensação de rato na arapuca — especialmente nos elevadores. No trabalho é difícil que isso me aconteça, porque depois daquela experiência as montagens em lugares fechados ficam por conta de outros; e tenho sorte de que, na maioria das vezes, minhas empreitadas aconteçam aos quatro ventos; às vezes suportamos frio e calor, chuvas e vertigens, mas não há problemas de clausura. Nunca mais voltei a ver aquela coluna, nem de fora, e passo longe de qualquer coluna, tubos e canos — e nos jornais, quando há essas histórias de sequestro, evito a leitura. Aí está. É coisa de estúpido, e eu sei que é uma estupidez, mas nunca mais voltei a ser o que era. Na escola me ensinaram o côncavo e o convexo: bem, eu me transformei em um montador convexo, e os trabalhos côncavos já não servem para mim. Mas é melhor não espalhar isso por aí."

O ajudante

"... Por favor! Quer parar com isso? Não, eu nunca me queixei do meu destino e, além disso, se me queixasse, seria um imbecil, porque fui eu mesmo que o escolhi: queria conhecer outros países, trabalhar com prazer e não me envergonhar do dinheiro que ganho, e tudo o que quis consegui. Evidentemente há os prós e os contras, e o senhor que tem família sabe bem disso; este é o ponto, não se pode constituir família, nem manter amigos. Às vezes até se faz uma amizade ou outra, mas elas duram o tempo da obra: três meses, quatro, no máximo seis, e depois pegamos de novo o avião... A propósito, aqui o chamam de *samuliot*, sabia? Sempre achei um nome bonito, me lembra as cebolinhas de nossa terra. Sim, os *siulot*, e também os símios; mas vamos com calma. Como eu estava dizendo, é pegar o avião e se despedir dos que ficam. Ou você não está nem aí, o que significa que não eram amigos de verdade; ou então eram, e aí você sente o baque. Com as mulheres é a mesma coisa, aliás, pior, porque não se pode passar sem elas, e vai ver que mais cedo ou mais tarde eu fico amarrado."

Faussone me convidou a tomar um chá no quarto dele. Era um cômodo monástico, idêntico ao meu em cada detalhe: o abajur, o cobertor, o papel de parede, o lavabo (que aliás pingava exatamente como o meu), o radinho sem sintonizador sobre a mesa, a calçadeira, até a teia de aranha acima da porta. A diferença é que eu estava ali fazia poucos dias, e ele, três meses; tinha improvisado uma minicozinha num armário na parede, pendurado no teto um salame e duas réstias de alho, e posto, nas paredes, uma imagem de Turim tirada do avião e uma foto do time grená coberta de assinaturas. Não era muita coisa, mas eu não tinha nem isso e me sentia mais em casa no quarto dele do que no meu. Quando o chá ficou pronto, ele me ofereceu uma xícara com elegância, mas sem bandeja, e me aconselhou, ou melhor, receitou que eu pusesse um pouco de vodca ali dentro, pelo menos meio a meio: "Assim depois você dorme melhor". Mas o fato é que naqueles albergues isolados se dormia bem de qualquer jeito; de noite fazia um silêncio absoluto, imemorial, rompido apenas raramente pelo sopro do vento ou pelo soluço de um indefinível pássaro noturno.

"Bem. Quando eu lhe disser qual amigo mais me fez sofrer ao deixá-lo o senhor vai dar um pulo para trás. Primeiro, porque ele me meteu em encrencas terríveis; depois, porque não era nem sequer um cristão: pois é, era um macaco."

Não dei nenhum pulo, porque tenho o antigo hábito de controlar-me, de modo que as segundas reações sempre precedem as primeiras, mas também porque o prólogo de Faussone tinha aparado a ponta da surpresa; já devo ter dito que ele não é um grande contador de histórias, saindo-se melhor em outros campos. De resto, não havia tanto motivo para espanto: quem não sabe que os maiores amigos dos animais, os mais aptos a compreendê-los e a serem compreendidos por eles, são justamente os solitários?

"Pelo menos dessa vez não era um guindaste. Ainda tenho uma infinidade de casos de montagem de guindastes, mas não quero me tornar repetitivo. Daquela vez foi um *derrick*. Sabe o que é um *derrick*?"

Eu tinha apenas uma ideia livresca do que era: torres de treliça que servem para perfurar poços de petróleo ou talvez até extrair o próprio petróleo; no entanto, se fosse de interesse, eu poderia fornecer informações precisas sobre a origem daquele nome. O senhor Derryck, homem hábil, consciencioso e pio, vivera em Londres no final do século XVI e por muitos anos exercera a função de carrasco de Sua Majestade Britânica; era tão consciencioso e tão apaixonado por sua profissão que estudou incessantemente o aperfeiçoamento de seus aparelhos. Já no final da carreira, construiu um novo modelo de forca, em treliça, alta e delgada, de modo que o enforcado "alto ou baixo" pudesse ser visto de longe: o aparelho foi chamado de "Derryck gallows" e depois simplesmente "derrick". Mais tarde, por analogia, o nome passou a designar outras estruturas, todas em treliça e destinadas aos usos mais obscuros. Por esse motivo, o senhor Derryck alcançara aquela específica e raríssima forma de imortalidade que consiste em perder a maiúscula inicial do próprio sobrenome — honra essa que não é compartilhada por mais de uma dúzia de homens ilustres de todos os tempos. Que ele continuasse, então, a sua história.

Faussone aceitou minha frívola intromissão sem piscar o olho. Mas tinha assumido um ar distante, talvez incomodado por eu ter usado o pretérito mais-que-perfeito, como se faz quando somos sabatinados em história. Depois prosseguiu:

"Deve ser isso mesmo: mas sempre pensei que as pessoas fossem enforcadas de qualquer jeito. Seja como for, aquele *derrick* não tinha nada de especial, uns vinte metros de altura, um *derrick* de perfuração, daqueles que, se não se encontra nada no local, depois são desmontados e transportados para outro lugar. Como sempre, em minhas histórias ou faz muito calor ou muito frio; bem, naquela vez estávamos numa clareira em meio a um bosque, e não fazia nem frio nem calor, mas chovia o tempo todo. Chovia morno, e não se pode dizer que fosse ruim, já que não havia duchas quentes por lá. É só tirar a roupa, ficar apenas de cueca e, como fazem os moradores da região, deixar que a chuva caia.

"Em matéria de montagem, era uma ninharia; nem era preciso um montador com todos os documentos em dia, bastava um operário que não sofresse muito de vertigens. Eu tinha três operários, mas que toupeiras, meu Deus! Talvez fossem subnutridos, com certeza, mas só prestavam para enxugar gelo o dia todo; quando eram interpelados, nem sequer respondiam, pareciam estar dormindo. O fato é que eu era encarregado de pensar em quase tudo: no implante eletrógeno, nas ligações e até no que iríamos comer à noite na barraca. Mas o que mais me preocupava era o que chamamos de equipagem, que eu não imaginava que fosse tão complicada. O senhor sabe, aquele monte de roldanas e parafusos sem fim, aquele, para baixar a fresa frontal; aliás, montar aquele troço nem deveria ser tarefa minha. Parece coisa de nada, mas lá dentro há todo o necessário à prospecção, que é eletrônica e se regula automaticamente, e também as bombas de sucção de lama; e na parte de baixo são aparafusados os tubos de aço que descem no poço um atrás do outro; enfim, todo aquele filme que se costuma ver... sim, como se vê justamente só no cinema, naqueles filmes do Texas. Não por nada, mas esse também é um belo trabalho; eu não fazia ideia, mas se desce até cinco quilômetros de profundidade, e não é certo que haja petróleo."

Depois do chá com vodca, como a história de Faussone parecia não querer decolar, mencionei um queijo fermentado e uns salaminhos húngaros que eu tinha no meu quarto. Ele não se fez de rogado (nunca se faz: diz que não é seu estilo), e assim o chá se transformou num lanche ajantarado, enquanto a luz alaranjada do pôr-do-sol passava ao violeta luminoso de uma noite setentrional. Contra o céu poente recortava-se nítida uma longa ondulação do terreno, e por cima dela, paralela e baixa, corria uma nuvem fina e negra, como se um pintor tivesse se arrependido de seu traço anterior e o tivesse repetido pouco acima. Era uma nuvem estranha: discutimos sobre ela e, por fim, Faussone me convenceu de que era a poeira erguida por uma manada distante no ar sem vento.

"Eu não saberia lhe dizer por que todos os trabalhos que temos de fazer são sempre nos lugares mais estúpidos: ou quentes ou gelados ou muito secos ou sempre chuvosos, como justamente este que vou lhe contar. Vai ver que o problema é que estamos mal-acostumados, nós, dos países civilizados, e se nos acontece de ir parar num lugar meio fora de mão logo achamos que é o fim do mundo. No entanto, em toda parte há gente que está bem em seus países e não os trocaria pelo nosso. Questão de hábito.

"Então, naquele país de que eu estava lhe falando não é fácil fazer amizade com as pessoas. Note que contra os mouros eu não teria nada a dizer, e em várias partes do mundo encontrei muitos deles que eram melhores do que nós, mas lá aonde eu fui é uma raça bem diferente. São grandes malandros e contadores de caso. Quanto ao inglês, são poucos os que falam a língua, e a deles eu não entendo; vinho, nada, nem sabem o que é; são ciumentos de suas mulheres, e juro que sem motivo, porque elas são pequenas, de pernas curtas e um estômago que bate aqui. Comem coisas inacreditáveis, e não insisto nisso porque estamos jantando. Ou seja, se lhe digo que o único amigo que consegui fazer por lá foi um macaquinho, acredite que não tive alternativa. Aliás, como macaco ele nem era tão bonito: era daquele tipo com uma pelugem em torno da cabeça e cara de cachorro.

"Era curioso, vinha me ver trabalhar e logo me mostrou uma coisa. Disse-lhe que chovia sem parar; pois bem, ele se sentava sob a chuva de um jeito especial, com os joelhos levantados, a cabeça sobre os joelhos, e as mãos cruzadas na cabeça. Percebi que, naquela posição, ele mantinha todo o pelo alisado até embaixo, de modo que não se molhava quase nada: a água lhe escorria pelos cotovelos e pelo traseiro, enquanto a pança e a cara ficavam enxutas. Tentei fazer a mesma coisa, só para descansar um pouco entre um parafuso e outro, e devo dizer que, na ausência de guarda-chuva, é a melhor maneira de se abrigar."

Achei que ele estivesse brincando e prometi que, se por acaso um dia eu me visse nu sob uma chuva tropical, assumiria a posição do macaquinho, mas logo me dei conta de seu olhar irritado. Faussone não brinca nunca; ou melhor, quando brinca, é com uma sutileza de elefante; e não aceita brincadeiras dos outros.

"Ele estava entediado. Naquela estação do ano, as fêmeas andam todas em bando, ao redor de um velho macho bem sólido, que as conduz e copula com todas elas, e ai do macaco jovem que se aproximar: o outro pula em cima e o arrebenta. Eu entendia bem a situação dele porque era meio parecida com a minha, embora eu estivesse sem fêmeas por outros motivos. O senhor compreende que, numa circunstância como aquela, compartilhando a mesma solidão e a mesma melancolia, é fácil fazer amizade."

Uma ideia me passou pela cabeça: mais uma vez estávamos compartilhando a solidão, assediados pela mesma melancolia. Eu substituíra o macaquinho e, naquele instante, percebi uma rápida onda de afeto por aquele meu consorte distante, mas não interrompi Faussone.

"... só que ele não tinha um *derrick* para montar. No primeiro dia ficou ali, só olhando e bocejando, enquanto coçava a testa e a pança assim, com os dedos bem moles, e me mostrava os dentes; não são que nem os cães, para eles mostrar os dentes é sinal de que querem fazer amizade, mas eu demorei alguns dias para entender. No segundo dia ele começou a girar ao redor da caixa de parafusos e, como eu não o mandava embora, de vez em quando pegava um entre os dedos e o experimentava com os dentes, para ver se era bom de comer. No terceiro dia já tinha aprendido que cada parafuso vai com a sua porca, e não errava quase nunca: o de meia polegada com a de meia polegada, o de três oitavos com a de três oitavos, e assim por diante. Porém nunca chegou a entender direito que todas as roscas são destras. Nem mais tarde conseguiu entender; tentava assim, de qualquer jeito, e quando se saía bem, e a porca se enroscava, ele pulava feito um doido, batia as mãos no chão, dava uns grunhidos e parecia contente. Sabe, é realmente uma pena que nós, montadores, não tenhamos quatro mãos que nem eles — e quem sabe um rabo! Eu tinha uma inveja tremenda: depois que ele ganhou certa intimidade, subia pela treliça como um raio, agarrava-se nas barras com os pés e, de cabeça para baixo, apertava os parafusos enquanto me fazia caretas.

"Eu teria ficado o dia inteiro a olhá-lo, mas havia o prazo, nada de histórias. Eu tentava levar o trabalho adiante entre uma chuva e outra, com a pouca ajuda que me davam meus três operários trapalhões. Ele, sim, é que poderia ajudar-me, mas era como uma criança, tomava aquilo como uma diversão, um passatempo. Não tinha jeito. Depois de uns dias eu lhe fazia sinais para que me trouxesse as barras corretas, e ele voava para baixo e tornava a subir, trazendo-me sempre as que são colocadas no topo, pintadas de vermelho por causa dos aviões. Eram também as mais leves: via-se que ele tinha discernimento, queria brincar, mas sem se cansar muito. Mas não pense que os três mouros fizessem mais coisas do que ele, que pelo menos não tinha medo de cair.

"Passa um dia, passa outro dia, consegui finalmente montar o conjunto de tração, e quando acionei os dois motores ele a princípio se assustou por causa do barulho e de todas aquelas polias que se movem sozinhas. Naquela altura eu já lhe havia dado um nome: eu o chamava, e ele vinha. Mesmo porque de vez em quando eu lhe dava uma banana, mas o fato é que ele vinha. Depois montei o quadro de comando, e ele ficava admirando com um ar encantado. Quando se acendiam os luminosos vermelhos e verdes, me olhava como se quisesse perguntar todos os porquês, e se eu não lhe dava atenção ele chorava feito criança pequena. Bem, nesse ponto, não há o que argumentar, a culpa foi minha. O que isso quer dizer? Fui tão asno que, justamente na última noite, não me ocorreu que seria melhor retirar os fusíveis."

Um desastre estava a caminho. Eu estava prestes a perguntar a Faussone como podia ter cometido um esquecimento tão grave, mas me contive para não atrapalhar seu relato. De fato, como há uma arte de narrar, solidamente codificada ao longo de mil provas e erros, do mesmo modo há uma arte da escuta, igualmente antiga e nobre, para a qual no entanto, ao que eu saiba, nunca foi formulada uma norma. Entretanto cada narrador sabe por experiência que a cada narração o ouvinte acrescenta uma contribuição decisiva: um público distraído ou hostil destrói qualquer conferência ou lição, um público amigo a conforta; mas também o ouvinte solitário leva uma cota de responsabilidade para aquela obra de arte que é cada narração: percebe bem isso quem conta sua história ao telefone e fica gelado, porque lhe faltam as reações visíveis do escutador, que nesse caso é reduzido a manifestar seu eventual interesse com alguns monossílabos ou grunhidos esparsos. Essa é também a principal razão de os escritores, ou seja, aqueles que narram a um público incorpóreo, serem poucos.

"... não, não conseguiu destruí-lo inteiramente, mas faltou pouco. Enquanto eu estava ali, mexendo nos contatos, porque o senhor sabe, não sou um eletricista, mas um montador precisa lidar com tudo; e especialmente depois, quando eu checava os comandos, ele não perdia um movimento. O dia seguinte era um domingo, o trabalho tinha terminado, e um dia de descanso era indispensável. Em suma, quando veio a segunda e eu voltei ao canteiro de obras, era como se alguém tivesse dado uma porrada na estrutura: ainda estava de pé, mas toda torta, e com o gancho fincado na base, como a âncora de uma embarcação. E ele estava ali sentado, me esperando, me ouvira chegar com a moto: estava todo orgulhoso, sabe-se lá o que imaginava ter feito. Eu tinha certeza de que havia deixado o equipamento suspenso no alto; mas ele deve tê-lo descido, já que para isso bastava apertar um botão, e no sábado ele me vira fazer esse gesto muitas vezes; e certamente ele tinha brincado de gangorra com o equipamento, embora fosse pesadíssimo. E, no movimento de gangorra, fez com que o gancho se prendesse numa das traves; um gancho de segurança, desses com mosquetão e mola, que quando se fecham não abrem mais: veja para que servem certas medidas de segurança. Por fim, talvez tenha percebido que estava armando um grande problema e apertou o botão de subida — ou talvez tenha feito isso simplesmente por acaso. Toda a estrutura entrou em tensão, e só de pensar ainda sinto calafrios; três ou quatro barras cederam, toda a torre se desconjuntou, e sorte que o automático foi acionado, senão adeus seu carrasco de Londres."

"Então o estrago não foi tão grande?" Assim que formulei a pergunta, pelo próprio tom vibrante com que falei, me dei conta de que estava torcendo por ele, pelo macaquinho aventureiro, que provavelmente tinha tentado emular os prodígios que vira seu silencioso amigo homem cumprir.

"Depende. Quatro dias de trabalho nos reparos, e uma boa multa em dinheiro. Mas enquanto eu estava ali, tentando pôr tudo em ordem, ele mudou de cara; estava bem cabisbaixo, mantinha a cabeça enfiada entre os ombros e, se eu me aproximava, ele se afastava: talvez tivesse medo de que eu o atacasse como o velho macho, o chefe das fêmeas... Bem, o que você ainda quer saber? A história do *derrick* acabou. Recoloquei-o de pé, mandei fazer todos os testes, fiz as malas e fui embora. Quanto ao macaquinho, apesar de ele ter aprontado toda aquela confusão, eu bem que gostaria de tê-lo levado comigo; mas depois pensei que entre nós ele ficaria doente, que não o deixariam entrar na pensão e que para as minhas tias seria um belo presente. De resto, o malandro nunca mais apareceu."

A garota ousada

"Não, que diabos! Aonde me mandam, eu vou, inclusive na Itália, é claro, mas raramente me mandam para algum lugar da Itália, porque sou muito bom no que faço. Não me leve a mal, é que eu realmente sei me virar mais ou menos em qualquer situação, de modo que eles preferem me mandar para fora do país; enquanto isso, na Itália circulam os jovens, os velhos, os que têm medo de sofrer um infarto, os folgadões. Além do mais, eu também prefiro assim: posso ver o mundo, onde sempre se aprende um pouco, e ficar longe do meu chefe imediato."

Era domingo, o ar estava fresco e perfumado de seiva, o sol não se punha nunca, e nós dois nos metemos pelo caminho da floresta com a intenção de alcançar o rio antes de escurecer: quando o farfalhar do vento entre as folhas mortas cessava, ouvia-se a voz poderosa e tranquila das águas, que parecia vir de todos os pontos do horizonte. Ouvia-se também, a intervalos, ora próximo, ora distante, um martelar suave mas frenético, como se alguém estivesse tentando fixar nos troncos minúsculos pregos com pequenos martelos pneumáticos: Faussone me dis se que eram pica-paus, que também existem em nossas bandas, mas é proibido atirar neles. Perguntei-lhe se seu chefe imediato era realmente tão insuportável a ponto de fazê-lo refugiar-se a milhares de quilômetros só para não ter que encontrá-lo, e ele me respondeu que não, que o chefe era bacana: em sua linguagem, esse termo tem um significado amplo, equivalendo ao mesmo tempo a compreensivo, gentil, competente, inteligente e corajoso.

"... mas é um daqueles que querem ensinar macaco a comer banana, não sei se me explico. Enfim, não lhe dá independência. E quando não nos sentimos independentes no trabalho, adeus sossego, perde-se todo o gosto pela coisa, e aí é melhor entrar na Fiat; pelo menos, quando voltamos para casa, calçamos os chinelos e vamos para a cama com a mulher. Isso é uma tentação, sabe? Um risco, especialmente se o mandam para certos países. Não, não este: aqui é um mar de rosas. O que eu quero dizer é que é uma tentação meter a viola no saco, se casar e acabar com a vida de cigano. Ah, com certeza, é uma verdadeira tentação", repetiu, pensativo.

Estava claro que o enunciado teórico seria seguido de um exemplo prático. De fato, depois de alguns minutos, ele recomeçou:

"Ah, sim, como eu estava dizendo, naquela vez meu chefe me enviou para um serviço na Itália, aliás, na baixa Itália, porque sabia que havia algumas dificuldades. Se quiser ouvir a história de uma montagem cretina, e eu sei de gente que adora ouvir as desgraças alheias, então ouça esta: porque uma montagem como essa nunca mais me aconteceu, e eu não desejo isso a nenhum profissional. Antes de tudo, por causa do contratador. Um cara bacana também, não duvide, que me oferecia refeições dos deuses e me pôs à disposição até uma cama com baldaquim em cima, porque insistiu a todo custo que eu dormisse na casa dele; mas, quanto ao trabalho, não entendia bulhufas, e o senhor sabe que não há nada pior do que isso. Ele vivia do negócio de embutidos e tinha feito dinheiro, ou talvez tivesse enriquecido com o banco do sul, sei lá; o fato é que metera na cabeça fabricar móveis de metal. Somente os tolos acreditam que a melhor coisa é um cliente ingênuo, porque assim se pode fazer qualquer coisa: é justamente o contrário, um cliente ingênuo só lhe traz problemas. Não tem traquejo, não tem tino, na primeira dificuldade perde a cabeça e quer desfazer o contrato; e, quando tudo vai bem, vive puxando conversa e desperdiçando seu tempo. Bem, pelo menos aquele lá era assim, e eu me via entre a cruz e a espada, porque do outro lado do telex estava meu chefe imediato, que me tirava o fôlego. Me mandava um telex a cada duas horas, para acompanhar o andamento do trabalho. O senhor deve saber que os chefes, quando passam de uma certa idade, cada um tem a sua mania, pelo menos uma: o meu tinha várias. A primeira e mais pesada, como já lhe disse, era a de querer tocar tudo sozinho, como se alguém pudesse fazer uma montagem sentado atrás de uma escrivaninha ou grudado no telefone ou no telex — imagine só! Uma montagem é um trabalho que cada um deve estudar por conta própria, com a própria cabeça, e sobretudo com duas mãos: porque faz muita diferença ver as coisas de uma poltrona ou do alto de uma torre de quarenta metros. Mas ele ainda tinha outras manias. Os rolamentos, por exemplo: ele só queria os suecos e, se soubesse que alguém por acaso tivesse usado outros numa montagem, dava pulos e ficava furioso, embora normalmente fosse tranquilo. E isso é uma bobagem, porque em trabalhos como esse que lhe estou contando — que a propósito era uma esteira transportadora, comprida, mas lenta e bem leve —, qualquer rolamento funciona, acredite; aliás, serviriam até uns anéis de bronze que meu padrinho fazia um por um, no muque, para a Diatto e a

Prinetti, na fábrica da via Gasômetro. Ele a chamava assim, mas agora ela se chama via Camerana.

"Além disso, como era engenheiro, tinha também a mania da quebra por fadiga; via isso em toda parte, e acho até que sonhava com ela de noite. O senhor, que não é do ramo, talvez nem saiba de que se trata: pois bem, é uma raridade, em toda a minha carreira nunca vi nenhuma quebra por fadiga comprovada; mas, quando uma peça se rompe, proprietários, diretores, projetistas e chefes de oficina são unânimes, eles não podem fazer nada, a culpa é sempre do montador, que está longe e não pode se defender; ou então é das correntes mal-ajustadas ou da fadiga, e aí todos lavam as mãos ou pelo menos tentam fazer isso. Mas não me faça perder o fio da meada. A mais estranha das manias desse meu chefe era a seguinte: ele é um daqueles que, sempre que vão virar a página de um livro, lambem antes o dedo. Lembro que minha professora do primário, no primeiro dia de aula, nos ensinou que não se devia fazer isso por causa dos micróbios: vê-se que a professora dele não ensinou isso, porque ele invariavelmente dava uma lambida no dedo. Pois bem, notei que ele lambia o dedo todas as vezes que fazia o gesto de abrir alguma coisa: a gaveta da escrivaninha, uma janela, a porta do cofre. Uma vez o flagrei lambendo o dedo antes de abrir o porta-malas do Fulvia."

A essa altura, percebi que não Faussone, mas eu mesmo estava perdendo o fio da história, entre o contratador bacana e inexperiente e o chefe bacana e maníaco. Solicitei que ele fosse mais claro e conciso, mas nesse meio-tempo chegamos ao rio e ficamos por algum tempo sem palavras. Mais parecia um braço de mar do que um rio: corria com um marulho solene contra a nossa orla, um alto barranco de terra quebradiça e avermelhada, ao passo que a outra margem mal se avistava. Contra a orla se rompiam pequenas ondas transparentes e límpidas.

"Bem, pode ser que eu tenha me perdido um pouco nos detalhes, mas lhe asseguro que foi um trabalho estúpido. Aliás, não é exagero, mas os operários do local eram todos um desastre: talvez servissem para pegar na enxada, mas não ponho minha mão no fogo por isso, porque eles pareciam estar mais para o gênero caprino — todo dia arranjavam uma licença médica. Mas o pior era o material: o sortimento de ferragens na praça era mínimo, e as que havia eram de dar nojo a porcos; nunca vi coisa igual, não digo nem neste país, que não brinca em matéria de grosseria, mas nem mesmo naquela vez em que estive na África, como lhe contei. Quanto ao material de base, a mesma coisa: parecia que as medidas eram tomadas à mão; todos os dias era a mesma cantilena, martelo, talhadeira, picareta, quebrar tudo, e tome-lhe cimento. Eu grudava no telex, porque também o telefone só funcionava quando queria, e depois de uns quinze minutos a maquininha começava a bater sem parar, como é o jeito delas, que parecem estar sempre com pressa, mesmo quando escrevem cretinices, e se lia no papel: 'Apesar da ns. recomendação, o sr. evidentemente usou material de origem suspeita', ou outra tolice desse tipo, sem pé nem cabeça, e eu ficava de saco cheio. Veja que não é simplesmente força de expressão, a gente sente mesmo o saco pesado, e os joelhos também, as mãos pendem e balançam como as tetas de uma vaca e dá vontade de mudar de profissão. Aconteceu-me diversas vezes, mas aquela superou todas as outras, e olha que já vi de tudo. O senhor nunca sentiu isso?"

Ah, como não? Expliquei a Faussone que, pelo menos em tempos de paz, essa é uma das experiências fundamentais da vida: no trabalho, e não só no trabalho. É provável que em outras línguas essa sensação de inchaço, que intervém para debilitar e impedir o homem ativo, possa ser descrita por meio de imagens mais poéticas, mas nenhuma das que eu conheço é tão vigorosa. Chamei-lhe ainda a atenção para o fato de que não é preciso ter um chefe maçante para experimentá-la.

"É verdade, mas aquele chefe era um caso perdido, capaz de fazer um santo sair do sério. Acredite, não sinto prazer em falar mal dele, até porque já lhe disse que ele não era má pessoa: o problema é que ele atingia justamente meu ponto fraco, meu gosto pelo trabalho. Preferiria se tivesse me aplicado uma multa, sei lá, quem sabe até uma suspensão; seria melhor do que receber aquela frasezinha lançada como por acaso, mas que, pensando bem, era de arrancar o couro. Enfim, como se todos os tropeços daquele trabalho — e não só daquele — fossem culpa minha, porque eu não quis colocar os rolamentos suecos, e eu os coloquei perfeitamente, o dinheiro não era meu mesmo, mas ele não acreditava, ou pelo menos dava a entender que não acreditava; ora, depois de cada telefonema eu me sentia como um criminoso, e olha que dei minha alma naquele trabalho. O problema é que dou a alma em todos os trabalhos, o senhor sabe, até nos mais estúpidos: aliás, quanto mais estúpidos, mais eu me entrego. Para mim, cada trabalho que começo é como um primeiro amor."

Na luz suave do crepúsculo tomamos o caminho de volta, percorrendo uma trilha quase imperceptível no espesso da floresta. Contrariando seu costume, Faussone parara de falar e caminhava silencioso ao meu lado, com as mãos atrás das costas e os olhos fixos no chão. Vi que em duas ou três ocasiões ele tomou fôlego e abriu a boca, como se fosse recomeçar a falar, mas parecia indeciso. Só recomeçou quando já se avistavam os alojamentos:

"Quer saber de uma coisa? Certa vez esse meu chefe teve razão. Quase teve razão. É verdade que aquele trabalho enfrentou todo tipo de dificuldade, que não se encontrava material, que o comendador, sim, aquele dos embutidos, em vez de me dar uma mão, só me fazia perder tempo. Também é verdade que não havia nem um operário que valesse dois centavos; mas, apesar de tudo isso, se o trabalho ia tão mal e com todos aqueles atrasos, uma parte da culpa era mesmo minha. Ou melhor, era de uma garota."

Ele de fato tinha dito "de uma mina" e, realmente, em sua boca o termo garota soaria forçado, assim como soaria forçada e amaneirada a palavra "menina" na presente transcrição. De qualquer modo, a notícia era surpreendente: em todas as suas histórias Faussone havia exibido orgulho ao apresentar-se como um refratário, um homem de poucos interesses sentimentais, alguém justamente "que não corre atrás das meninas", mas que é perseguido pelas meninas, embora não esteja nem aí, fica com uma ou outra sem dar maior importância, fica com ela enquanto durarem as obras, depois se despede e parte. Mantive-me mais atento e na expectativa.

"Sabe, contam um monte de coisas sobre as garotas de lá, dizem que são pequenas, gordas, ciumentas e que só servem para fazer filhos. Já essa que mencionei era da minha altura, cabelos castanhos quase ruivos, esguia feito um fuso e ousada como nunca vi. Ela levava um carrinho de mão, e foi precisamente assim que nos encontramos. Ao lado da fita que eu estava montando passava a trilha para os carrinhos, e só dava para passar dois, bem apertados. Vejo se aproximar um carrinho guiado por uma garota, carregado de barras metálicas que se projetavam um pouco para fora, e na outra direção vinha outro carrinho também conduzido por outra garota: claro que as duas não poderiam passar ao mesmo tempo, era preciso que um dos dois desse marcha à ré até um ponto mais largo, ou que a garota das barras metálicas pousasse a carga e a arrumasse melhor. Nada: as duas ficam postadas ali e começam a falar todo tipo de barbaridades. Entendi imediatamente que entre elas devia haver uma antiga disputa e fiquei ali, esperando pacientemente que ambas terminassem o bate-boca: porque eu também precisava passar, estava com um daqueles carrinhos guiados por um timão, carregados com os famosos rolamentos, e Deus me livre se eu tivesse recuado e meu chefe acabasse sabendo.

"Espero cinco minutos, espero dez, e nada, as duas continuavam como se estivessem brigando numa feira. Atacavam-se no dialeto delas, mas se entendia quase tudo. A certa altura me intrometi e perguntei se, por favor, elas poderiam me dar passagem: a maior, que era aliás a tal garota, se vira e me responde com toda a tranquilidade do mundo: 'Aguarde um momento, ainda não terminamos'; em seguida, se vira para a outra e sem mais nem menos, a sangue-frio, lhe diz umas coisas que eu nem ouso repetir, mas juro que me deixaram de cabelo em pé. 'Pronto', me diz, 'agora pode passar', e, ao dizer isso, parte em marcha à ré a toda a velocidade, raspando as colunas e também as pontas do meu friso, provocando-me um frio na espinha. Chegando à ponta do corredor, fez a curva que nem Niki Lauda, sempre em marcha à ré, e em vez de olhar para trás olhava para mim. 'Meu Deus', pensei cá comigo, 'essa mulher é um capeta endiabrado'; mas eu já tinha entendido que ela estava fazendo toda aquela cena só para mim, e pouco tempo depois também entendi que fazia tudo aquilo de caso pensado, porque fazia dias que estava ali, me observando, enquanto eu aprumava os suportes com bolhas de ar."

A expressão me soava estranha e pedi um esclarecimento. Impaciente, Faussone me explicou em poucas e densas palavras que a bolha de ar é simplesmente um nível, que justamente traz dentro dele um líquido com uma bolha de ar. Quando esta coincide com a curva de referência, o nível está na horizontal, assim como o plano sobre o qual ele se apoia.

"Nós dizemos, por exemplo, 'ponha aquela base em bolha de ar', e nos entendemos assim; mas me deixe prosseguir, porque a história da garota é mais importante. Enfim, ela compreendera quem sou, isto é, que gosto de gente decidida e que sabe fazer bem seu trabalho, e eu entendera que ela, à sua maneira, estava atrás de mim e tentava puxar conversa. E depois de fato puxamos — conversa —, não houve nenhuma dificuldade, quero dizer que fomos para a cama, tudo na normalidade, nada de especial. Mas uma coisa preciso lhe dizer: o momento mais belo, aquele quando se diz 'nunca mais vou me esquecer disto, nem quando estiver velho, até meus últimos minutos' e queremos que o tempo pare ali mesmo, como quando um motor emperra — pois bem, isso não ocorreu quando fomos para a cama, mas antes. Foi no refeitório da fábrica do comendador, estávamos sentados próximos, tínhamos acabado de comer, conversávamos disso e daquilo, aliás, até me lembro de que eu estava falando de meu chefe para ela, de seu modo de abrir as portas, e apalpei o banco à minha direita, e lá estava a mão dela, e eu a toquei com a minha, e a dela não escapou e continuou ali, deixando-se acariciar como uma gata. Palavra, tudo o que veio depois foi também muito bonito, mas não conta tanto."

"E agora?"

"Sei lá, mas o senhor quer mesmo saber tudo", me respondeu Faussone, como se fosse eu que lhe tivesse pedido que contasse a história da garota do carrinho de mão. "O que quer que lhe diga? É um vaivém. Casar, não me caso: primeiro, por causa de meu trabalho, e também porque... sim, antes de casar é preciso pensar umas mil vezes, ainda mais com uma garota como aquela, ótima, não há o que dizer, mas esperta feito uma bruxa, bem... não sei se me explico. No entanto não consigo dar um basta e esquecer tudo isso. De vez em quando vou até meu diretor e peço que ele me transfira para lá, com a desculpa das revisões periódicas. Uma vez ela veio em férias a Turim, vestindo um jeans todo desbotado nos joelhos, acompanhada de um rapaz com uma barbona até os olhos, e o apresentou sem nem pestanejar; nem eu pisquei — os olhos —, senti uma espécie de queimação aqui, na boca do estômago, mas não lhe disse nada porque esse era o nosso acordo. Mas sabe que só mesmo o senhor para me fazer contar essas histórias, que nunca disse a ninguém, exceto ao senhor?"

Tirésias

No geral não é assim: no geral é ele quem toma a palavra impetuosamente, é ele que tem alguma aventura ou desventura a contar e a debulha toda num jato, com aqueles seus modos desleixados aos quais até já me habituei, sem se deixar interromper senão por algum breve pedido de esclarecimento. O resultado é que há uma tendência maior ao monólogo do que ao diálogo, e além disso o monólogo é sobrecarregado por seus tiques repetitivos, por sua linguagem, que tende ao cinza; talvez seja o cinza das névoas de nossa região ou quem sabe o cinza das chapas metálicas e dos gradeados, que são de fato os heróis de suas histórias.

No entanto, naquela noite parecia que as coisas seguiriam um rumo diferente: ele tinha bebido bastante, e o vinho, que era um péssimo vinho borrento, viscoso e ácido, o alterara um pouco. Mas não o entorpecera, porque (como ele diz) alguém da sua profissão nunca pode ser surpreendido, precisa estar sempre alerta, como os agentes secretos do cinema; não tinha embaçado sua lucidez, mas é como se o tivesse deixado exposto, trincando sua armadura de discrição. Jamais o tinha visto tão taciturno, mas, estranhamente, seu silêncio aproximava em vez de afastar.

Esvaziou mais um copo, sem avidez nem gosto, aliás, com a pervicácia amarga de quem engole uma medicação: "... mas então esses casos que eu lhe conto o senhor escreve depois?". Respondi que talvez sim: que eu continuava querendo escrever, que escrever era minha segunda profissão e que eu estava pensando, justamente naqueles dias, se não seria melhor transformar esse ofício em minha primeira atividade ou quem sabe a única. Não estava de acordo que eu escrevesse suas histórias? De outras vezes se mostrara contente, até orgulhoso.

"Sim. Bem, não se importe com isso, os dias não são todos iguais, sabe, e hoje é um daqueles às avessas, em que nada parece dar certo. Às vezes a gente perde até a vontade de trabalhar." Calou-se por um longo tempo, depois recomeçou:

"Ah, é verdade, tem dias em que tudo vai de viés; e é fácil dizer que ninguém tem culpa, que o esquema está enrolado, que estamos cansados e pra piorar sopra um vento dos diabos: tudo isso está certo, mas aquele nó que se sente aqui, aquele ninguém consegue tirar. Então a gente se faz perguntas que nem têm sentido, como o que estamos fazendo aqui neste mundo, e se pensamos bem nisso não podemos dizer que estamos no mundo para montar estruturas metálicas, não é mesmo? Enfim, quando se pena doze dias e se metem neles todos os nossos sentimentos e artimanhas, quando se sua, se congela e se pragueja e depois surgem as dúvidas que começam a roer, e se faz de tudo, e o trabalho está fora de esquadro e quase se desiste porque não se quer acreditar, mas depois se tenta de novo e não há o que fazer, todas as medidas estão embrulhadas, então, meu caro, o que podemos fazer? O único jeito é mudar a mentalidade e começar a pensar que não há nada que valha a pena, e aí vem a vontade de partir para outro trabalho, mas ao mesmo tempo pensamos que todo trabalho é igual, e que o próprio mundo está fora de esquadro, ainda que agora se possa andar sobre a Lua; sempre esteve fora de esquadro, e não há quem lhe dê jeito, imagine se pode com ele um montador. Ah, é, a gente pensa assim... Mas me diga uma coisa, isso acontece também com vocês?"

Como é obstinada a ilusão de ótica que sempre nos faz parecer menos amargas as penas do vizinho, e mais amável seu ofício! Respondi-lhe que é difícil fazer comparações; no entanto, tendo feito tarefas semelhantes às dele, devia informá-lo de que trabalhar sentado e aquecido, estando ao nível do chão, é uma bela vantagem; mas que, afora isso, e supondo que me fosse lícito falar em nome dos escritores propriamente ditos, os dias inúteis também acontecem conosco. Aliás, acontecem com maior frequência, porque é mais fácil confirmar se uma estrutura metálica está em "bolha de ar" do que uma página escrita; assim pode ocorrer que alguém escreva com entusiasmo uma página, ou até um livro inteiro, e depois perceba que não está bom, que é confuso, tolo, já escrito, inacabado, excessivo, inútil; e aí se entristeça e sucumba a ideias como aquelas que o obcecavam naquela noite e pense em mudar de profissão, de lugar, de identidade, e talvez até pense em virar montador. Mas também pode ocorrer que alguém escreva coisas justamente confusas e inúteis (e isso acontece com frequência) e não se dê conta ou nem queira perceber, o que é bem provável, porque o papel é um material muito tolerante. Pode-se escrever nele qualquer barbaridade, e ele nunca protesta: não é como o madeiramento das estruturas nas galerias das minas, que range quando está sobrecarregado e quase desaba. No trabalho da escrita a instrumentação e os sinais de alarme são rudimentares: não há nem mesmo um equivalente confiável ao esquadro e ao fio de prumo. Porém, quando uma página não está boa, quem lê percebe; mas aí já é muito tarde, e então vem o mal-estar — mesmo porque essa página é obra sua, somente sua, não há desculpas nem subterfúgios, você responde inteiramente por ela.

Nesse momento notei que Faussone, apesar do mau humor e dos vapores do vinho, se tornara atento. Tinha parado de beber e me observava, ele, que geralmente tem uma cara mole, imóvel, menos expressiva que o fundo de uma panela, com um ar entre o malicioso e o maligno.

"Sim, isso é interessante. Nunca tinha pensado na possibilidade. Veja só, se ninguém nunca tivesse inventado esses instrumentos de controle para nós, e o trabalho tivesse que ser feito assim, de qualquer jeito, seria uma loucura total."

Confirmei que, de fato, os nervos dos escritores tendem a ser fracos: mas é difícil dizer se os nervos se enfraquecem por causa da escritura — e da primeira ausência sentida de instrumentos sensíveis aos quais delegar o juízo sobre a qualidade da matéria escrita — ou se, ao contrário, o ofício de escrever atrai preferencialmente pessoas predispostas à neurose. De qualquer modo, está comprovado que vários escritores eram ou se tornaram neurastênicos (é sempre árduo avaliar as "doenças contraídas em serviço"), e que alguns até foram parar em manicômios ou coisa parecida, não só neste século, mas também muito antes; além disso, sem chegarem à doença manifesta, muitos vivem mal, são tristes, bebem, fumam, não conseguem dormir e morrem cedo.

Faussone começava a gostar desse confronto entre os dois ofícios; seu estilo sóbrio e contido não lhe permitia admiti-lo, mas se percebia porque parara de beber e aos poucos abandonava o mutismo em que estava. Respondeu:

"O fato é que se fala muito de trabalho, mas os que mais falam são justamente aqueles que nunca o experimentaram. A meu ver, essa história tão comum hoje de nervos estressados acontece com todo mundo, escritores ou montadores ou seja o que for. Sabe quem está livre disso? Os porteiros e os operários que trabalham nas linhas de montagem; porque quem vai para o manicômio são os outros. A propósito de nervos: não pense que quando se está lá em cima, sozinho, e o vento sopra e a torre ainda não está protegida e balança como um barquinho e se veem na terra as pessoas feito formiguinhas e com uma mão nos seguramos e com a outra manejamos a chave estrela e seria bom ter uma terceira para segurar a planta e quem sabe uma quarta para afastar o mosquetão do cinto de segurança; bem, como lhe dizia, não pense que isso seja um refresco para os nervos. Para dizer a verdade, no momento não saberia lhe dizer de um montador que tenha acabado num manicômio, mas conheço tantos, inclusive amigos meus, que ficaram doentes e precisaram mudar de profissão."

Tive de admitir que de fato, em certo sentido, nossas doenças profissionais são poucas: até porque, em geral, o horário é flexível.

"Ou seja, não há nenhuma", interveio ele bruscamente. "Não se pode adoecer de tanto escrever. No máximo, se o sujeito escreve com uma esferográfica, pode ter um calo no dedo. Quanto aos acidentes, é melhor nem falar."

Nada a objetar, ponto para ele: tive de admitir. Com muita cortesia e uma rara liberdade de imaginação, Faussone disse ainda que no fundo era como dizer se era melhor nascer homem ou mulher: só quem tivesse tido ambas as experiências poderia dar a palavra final — e nesse ponto, mesmo me dando conta de que se tratava de um golpe baixo, não pude resistir à tentação de lhe contar a história de Tirésias.

Demonstrou certo desconforto quando lhe disse que Júpiter e Juno, além de cônjuges, eram também irmãos, fato sobre o qual a escola geralmente não insiste, mas que naquele *ménage* devia ter alguma importância. No entanto manifestou interesse quando mencionei a famosa disputa entre eles, ou seja, se os prazeres do amor e do sexo eram mais intensos na mulher ou no homem: estranhamente Júpiter atribuía o primado às mulheres, e Juno, aos homens. Faussone me interrompeu:

"Justamente o que eu dizia antes: para decidir, seria preciso que alguém tivesse experimentado o efeito que faz ser homem e também mulher; mas não existe ninguém assim, embora de vez em quando se leia no jornal sobre um capitão da Marinha que vai a Casablanca para ser operado e depois compra quatro filhos. Na minha opinião é conversa de jornalista."

"É provável. Mas parece que naquele tempo houve um árbitro: era Tirésias, um sábio de Tebas, na Grécia, que muitos anos antes vivera um caso estranho. Era homem, homem como eu e o senhor, e numa noite de outono, que eu imagino úmida e fosca como esta, passando por uma floresta, encontrou um enrosco de serpentes. Olhou melhor e percebeu que eram apenas duas serpentes, mas muito compridas e grossas: eram um macho e uma fêmea (vê-se que esse Tirésias era um bom observador, porque não sei como se faz para distinguir um píton macho de uma fêmea, sobretudo de noite, e ainda mais quando estão embolados, e não se consegue nem dizer onde termina um e começa o outro), um macho e uma fêmea em plena cópula. Ele, não se sabe se escandalizado ou invejoso ou simplesmente porque os dois atrapalhavam seu caminho, pegou um bastão e bateu no amontoado; no mesmo instante sentiu uma grande agitação, e de homem se transformou em mulher."

Faussone, que fica todo excitado com as lendas de origem humanista, me disse em tom de deboche que certa vez, e não longe da Grécia, ou seja, na Turquia, ele também encontrara num bosque um enrosco de cobras: mas não eram só duas, eram muitas, e não pítons, mas víboras. De fato parecia que estavam copulando à sua maneira, todas retorcidas, mas ele não tinha nada contra e as deixara em paz: "no entanto, agora que sei dessa tramoia, da próxima vez que me acontecer vou experimentar também".

"O fato é que esse Tirésias foi mulher por uns sete anos, inclusive aproveitou a vida de mulher, e, passados os sete anos, topou de novo com as serpentes; dessa vez, sabendo do truque, bateu com o bastão de caso pensado, isto é, para voltar a ser homem. Percebe-se que, no fim das contas, achava mais vantajoso; no entanto, quanto àquela arbitragem sobre os sexos, ele deu razão a Júpiter, mas não me pergunte por quê. Talvez porque se sentisse melhor como mulher, mas só no que dizia respeito ao sexo e não por todo o resto, senão é claro que continuaria mulher e não teria dado o golpe de bastão; ou então porque achava que era melhor não contrariar Júpiter. Mas acabou ficando em maus lençóis, porque Juno ficou brava..."

"Ah, sim: entre marido e mulher..."

"... ficou brava e por isso o cegou, e Júpiter não pôde fazer nada, porque parece que naquele tempo havia essa regra: o malfeito que um deus fazia contra um mortal nenhum outro deus, nem mesmo Júpiter, podia desfazer. Na falta de coisa melhor, Júpiter lhe concedeu o dom de prever o futuro — mas, como se vê por essa história, era muito tarde."

Faussone brincava com a garrafa e tinha um ar vagamente irritado. "É uma história bem bonita. Sempre se aprende uma nova. Mas não entendi exatamente o que tem a ver com o caso: não me venha dizer que o senhor é Tirésias!"

Eu não esperava um ataque direto. Expliquei a Faussone que um dos grandes privilégios de quem escreve é justamente o de manter-se no impreciso e no vago, de dizer e não dizer, de inventar com mão livre, a salvo de qualquer regra de prudência: seja como for, sobre as torres que construímos não passam cabos de alta-tensão, se caírem ninguém morre, e não precisam resistir ao vento. Em suma, somos uns irresponsáveis, e nunca se ouviu falar de um escritor que tenha sido processado ou preso porque suas estruturas não se sustentavam. Mas também lhe disse que sim — talvez só tenha percebido ao narrar aquela história —, também me sentia um pouco como Tirésias, e não só pela dupla experiência: em tempos distantes também topei com deuses em disputa entre si, também encontrei serpentes em minha estrada, e aquele encontro me fez mudar de condição, dando-me um estranho poder de palavra; mas desde então, sendo um químico aos olhos do mundo e no entanto sentindo o sangue do escritor em minhas veias, parecia levar no corpo duas almas demasiadas. E não era preciso recorrer a sofismas, porque toda essa comparação era forçada: trabalhar no limite da tolerância ou mesmo fora da tolerância é a beleza de nosso trabalho. Ao contrário dos montadores, quando conseguimos forçar uma tolerância, fazer um acasalamento impossível, ficamos contentes e somos elogiados.

Faussone, a quem contei noutras noites todas as minhas histórias, não fez objeções nem levantou outras questões; de resto, já estava muito tarde para continuar a discussão. No entanto, consciente de minha condição de especialista em ambos os ofícios, tentei esclarecer-lhe que nossos três tipos de trabalho, os dois meus e o dele, em seus dias bons podem dar a sensação de plenitude. O dele e o ofício de químico, que se assemelham, porque ensina a sermos inteiros, a pensar com as mãos e com todo o corpo, a não se render diante dos dias ruins e das fórmulas que não entendemos, porque depois se aprendem no percurso; e porque enfim ensinam a conhecer a matéria e a enfrentá-la. O ofício de escrever, porque concede (raramente, mas concede) alguns momentos de criação, como quando num circuito apagado de repente passa a corrente e então uma lâmpada se acende ou uma hélice se move.

Ficamos de acordo quanto às coisas boas que temos em comum. Sobre a vantagem de poder medir-se, de não depender de outros para medir-se, de poder espelhar-se na própria obra. Sobre o prazer de ver crescer sua criatura, placa sobre placa, parafuso após parafuso, sólida, necessária, simétrica e adaptada ao escopo, e, depois de terminada, de contemplá-la e pensar que talvez viva mais do que você e talvez sirva a alguém que você não conhece e que não o conhece. Talvez possa voltar a vê-la quando estiver velho, e lhe parecerá bela, e no fim não importa se parece bela somente a você, e pode dizer a si mesmo "talvez um outro não tivesse conseguido".

Off-shore

"É verdade, sou jovem, mas também já vi poucas e boas, e sempre por causa do petróleo. Nunca se viu encontrar petróleo em lugares bonitos, sei lá, como San Remo ou a Costa Brava; nunca, sempre em lugares nojentos, esquecidos por Deus. As piores coisas que me aconteceram me aconteceram enquanto procurava petróleo; além disso, não era algo que me entusiasmasse, porque todos sabem que está para acabar e nem vale muito a pena. Mas sabe como é, quando você faz um contrato, é preciso ir para onde mandam; aliás, para ser franco, naquela vez fui de boa vontade, porque era no Alasca.

"Não li muitos livros na vida, mas li todos os de Jack London sobre o Alasca, desde pequeno, todos mais de uma vez, e fazia uma ideia totalmente diferente do lugar; porém, depois que estive lá — me desculpe se digo isso abertamente —, comecei a confiar pouco no papel impresso. Afinal eu achava que ia encontrar no Alasca um país todo feito de neve e de gelo, de sol em plena meia-noite, cães que puxam trenós e minas de ouro e até ursos e lobos que correm atrás da gente. Essa era a ideia que eu tinha, a levava dentro de mim quase sem perceber, e assim, quando me chamaram ao escritório e me disseram que era preciso ir ao Alasca montar uma instalação, não pensei duas vezes e assinei o contrato, mesmo porque havia um extra por insalubridade devido ao local e também porque eu já estava na cidade fazia três meses — e eu, como o senhor sabe, não gosto muito de ficar na cidade. Ou melhor, gosto por três ou quatro dias, dou uns giros, vou até ao cinema, procuro aquela tal garota e vou encontrá-la, me sinto bem ao revê-la e vou jantar com ela no Cambio e fico radiante. Às vezes vou visitar minhas duas tias de via Lagrange, aquelas que já lhe mencionei..."

Ele não me havia falado dessas tias, ou pelo menos não as descrevera: poderia jurar. Disso nasceu um rápido bate-boca, em que cada um tentava insinuar elegantemente que o outro tinha sido pouco atento; depois Faussone liquidou o assunto de qualquer jeito:

"Não tem importância. São duas tias de igreja, me recebem na saleta e me dão bombonzinhos; uma é esperta, a outra, nem tanto. Mas depois lhe conto melhor sobre elas.

"Então eu estava falando do Alasca, e que não me sinto bem na cidade. Porque, veja só, sou um cara que não aguenta o mínimo. É verdade, como aqueles motores com o carburador meio desregulado, desses que se não estão sempre trabalhando a toda se apagam, e aí há o perigo de queimar a bobina. Depois de uns dias começo a sofrer de tudo, acordo de noite, sinto como se fosse ficar resfriado — resfriado que no entanto não vem — e é como se eu me esquecesse de respirar, tenho dor de cabeça e nos pés, se saio na rua parece que todos me olham, enfim, me sinto perdido. Uma vez até fui ao médico da associação, mas ele não me levou a sério. E tinha razão, porque eu sabia muito bem qual era meu problema: tinha vontade de viajar. E então, naquela vez que lhe estava dizendo, assinei o contrato e nem fiz muitas perguntas, fiquei satisfeito de saber que era um trabalho novo, um projeto feito em parceria com americanos, e que as instruções me seriam passadas no canteiro de obras. Assim só precisei fechar a mala, porque ela está sempre pronta, e pegar o avião.

"Nada a dizer quanto à viagem; antigamente o problema do fuso horário me incomodava, mas agora me habituei, fiz minhas três mudanças de roupa, dormi durante o voo e, quando cheguei, estava fresco que nem uma rosa: tudo estava indo bem, o representante me esperava no aeroporto com uma Chrysler que não acabava nunca e eu me sentia como o xá da Pérsia. Me levou até um restaurante para comer *shrimp*, que seriam como camarões, e me disse que eram a especialidade do país; mas nada de bebida, me explicou que era de uma religião que não permite a bebida, e me fez entender educadamente que era melhor se eu também não bebesse, por causa de minha alma: era um senhor gentil, mas era assim. Entre um camarão e outro, me explicou o trabalho que tínhamos pela frente, e parecia um trabalho igual a tantos outros; mas o senhor sabe como os representantes são: especialistas em mimar a gente, mas, quando se trata de trabalho, melhor nem falar. Uma vez até me desentendi com um que justamente não entendia nada e fazia promessas impossíveis ao cliente; e sabe o que ele me disse? Que se pode entender bem, entender pouco e não entender nada um trabalho como o nosso; mas, como para entendê-lo bem é preciso ser engenheiro de qualquer jeito, é mais nobre não entender nada do que entender pouco, porque assim pelo menos se tem uma escapatória. Grande raciocínio, hein?"

Como tenho amigos representantes, fiz o que pude para defender a categoria: disse que era uma responsabilidade delicada, que muitas vezes é pior se souberem muito, porque assim não fecham negócio, e outras coisas do gênero, mas Faussone não quis saber de desculpas:

"Não, nunca vi nenhum que soubesse o mínimo ou que se esforçasse para saber. Tem aqueles tipos que fazem de conta que sabem, e estes são os piores. Nem me fale desses representantes, porque nem dá para conversar. Acredite em mim, eles só servem para mimar os clientes, levá-los para a náite ou para o estádio, e isso não é tão ruim para nós, porque às vezes também somos convidados, mas quanto a entender o trabalho é sempre um fracasso, são todos comparsas, ninguém quer pegar no pesado.

"Bem, o sujeito então me diz que se trata de terminar a montagem de um *derrick* num local a uns quarenta quilômetros dali e depois colocá-lo em uns barcos e levá-lo para o mar, num baixio não muito distante. Aí fiquei com a ideia de que devia ser um *derrick* de nada, já que seria transportado em barcos, e quase comecei a me irritar por me terem feito vir do outro lado do mundo só para isso; mas não disse nada ao sujeito, não era culpa dele.

"De noite ele se despede me dizendo que vem me buscar às oito da manhã para me levar ao canteiro de obras e vai embora. Quando acordei, tudo bem, menos o fato de que o café da manhã era também com *shrimp*, mas já vi coisa pior; tudo bem, me dizia, ele chega às oito em ponto com sua Chrysler e pegamos a estrada, e num segundo já estamos fora da cidade, porque era uma cidade minúscula. E nada de Radiosa Aurora! Nunca vi um lugar mais melancólico: parecia o Séstrier fora de estação, não sei se já esteve lá, era um céu baixo, sujo, até parecia que dava para tocar, aliás, às vezes se tocava mesmo, porque quando a estrada subia o carro afundava na neblina. Soprava um arzinho frio e úmido que se infiltrava por baixo da roupa e dava uma tremenda irritação, e nos campos ao redor se via um matinho escuro, baixo e duro, parecendo pontas de broca. Não se via alma viva, só umas gralhas gordas como perus: elas nos olhavam passar e bailavam sobre os pés sem levantar voo, como se rissem de nós. Atravessamos uma colina, e do outro lado da colina mister Compton me apontou o local, em meio ao ar cinzento da beira--mar, e fiquei sem fôlego. Veja bem, o senhor sabe que não sou de exagerar, mas ainda estávamos a uns dez quilômetros de distância e a coisa parecia já estar ali: parecia o esqueleto de uma baleia, longo e negro, deitado na orla, todo enferrujado porque naquelas bandas o ferro enferruja num instante, e eu, só de pensar que precisava colocá-lo em pé no meio do mar, quase me vinha um infarto. É fácil dizer 'vá lá e monte um *derrick*'. Se lembra da outra vez, quando o senhor me explicou sobre o carrasco de Londres e tudo o mais? Pois bem, veja só, aquele tinha vinte metros e já me parecia uma bela altura; mas este, que ainda nem estava concluído, deitado já tinha uns duzentos e cinquenta metros, como daqui até aquela cerca verde que se vê lá embaixo, ou então da piazza San Carlo à piazza Castello, só para o senhor ter uma ideia. O trabalho nunca me mete medo, mas naquela vez tive de dar o braço a torcer.

"Enquanto descíamos pela colina, o mister me explicou que o Alasca com neve e trenós de fato existe, mas muito mais ao norte: ali também era o Alasca, mas uma espécie de prolongamento que desce até a costa do Pacífico, como se fosse o cabo do Alasca verdadeiro, e realmente o chamavam assim, Panhandle, que quer dizer cabo de panela. Quanto à neve, me disse que eu podia ficar tranquilo, que naquela estação poderia nevar um ou outro dia, mas que no fim das contas era melhor se não viesse. Parecia que já sabia o que estava para acontecer. Em relação ao *derrick*, admitiu que sim, era bem grande, mas era justamente por isso que fizeram vir da Itália um *brait gai*, que modéstia à parte era eu. Era mesmo um sujeito gentil, à parte a história da alma.

"Enquanto conversávamos assim, íamos descendo pelas espirais da colina até que chegamos ao canteiro de obras. Ali estava toda a equipe que nos esperava: os projetistas, o engenheiro coordenador dos trabalhos, uma meia dúzia de engenheirinhos recém-formados, todos *spiquínglis* e todos de barba, e a esquadra de montadores alasquianos, que de alasquianos não tinham nada. Um era um pistoleiro grande e forte, e me explicaram que era um russo ortodoxo, porque ainda havia alguns deles ali, desde o tempo em que os russos fizeram o grande negócio de vender o Alasca aos americanos. O segundo se chamava Di Staso, e se vê que não podia ser muito alasquiano. O terceiro, me disseram que era um pele-vermelha, porque são bons em escalar torres e não se assustam com nada. Do quarto não me lembro bem: era um tipo comum, como tantos que vão por aí, com uma cara meio de abestalhado.

"O engenheiro-chefe era um cara competente, desses que falam e não dizem uma palavra mais alta que a outra; aliás, para ser sincero, eu tinha até dificuldade em entender o que ele dizia, porque falava sem abrir a boca: mas o senhor sabe que na América eles ensinam na escola que abrir a boca é falta de educação. Seja como for, era dos bons; me mostrou o modelinho em escala, apresentou-me ao grupo bizarro que lhe descrevi, e a eles disse que eu dirigiria a montagem. Fomos almoçar no refeitório, e nem é preciso dizer que ali também comemos camarão; depois ele me passou o livreto com as instruções para a montagem e me disse que eu teria dois dias para estudá-lo e que em seguida me reapresentasse ao canteiro de obras, porque era preciso começar logo os trabalhos. Indicou-me no livreto que todas as operações eram feitas em dias fixos, algumas até em horários fixos, por causa da maré. Sim, da maré: o senhor não entende, não é? Nem eu entendi imediatamente o que a maré tinha a ver; só entendi mais tarde, e vou deixar para lhe contar depois, se estiver de acordo."

Eu estava de acordo: convém estar sempre de acordo com quem conta um caso, senão o contador se enrola e acaba perdendo o fio da meada. De resto, Faussone estava em grande forma, e à medida que a história se desdobrava, eu o via enterrar cada vez mais a cabeça entre os ombros, como costuma fazer quanto está para contar algo pesado.

"Depois fomos embora, Compton e eu: mas ainda preciso lhe dizer que eu estava com uma impressão estranha, como se já tivesse visto aquele escritório, o refeitório e todos aqueles rostos, e depois me dei conta de que era verdade, era tudo coisa vista no cinema, não saberia dizer quando e em que filme. Como lhe dizia, Compton e eu partimos para a cidade; eu devia voltar ao hotel para estudar o livreto, mas, depois que iniciamos o trabalho, o engenheiro me disse que tinha reservado para mim um quarto no alojamento do canteiro; ele dizia no *guestrúm*, e num primeiro momento não entendi que diabos ele estava dizendo, mas não me arrisquei a perguntar, porque em teoria eu deveria saber inglês.

"Então pegamos a estrada com a belíssima Chrysler do meu mister; eu estava calado e ruminava a história daquela montagem. Por um lado, era um grande trabalho, daqueles que recordamos por um bom tempo e ficamos contentes de tê-lo feito; por outro, aquela palavrinha maré e o fato de ter que levar o *derrick* para o mar me embrulhavam um pouco o estômago. Porque, sabe, nunca gostei do mar: está sempre se mexendo, é úmido, tem um ar mole de maresia, enfim, não me dá confiança e faz minha cabeça girar. A certa altura vi uma coisa estranha: no céu se via o sol meio enevoado, e tinha dois sóis menores, um a cada lado. Mostrei isso a Compton, e vi que ele estava ficando nervoso; de fato, pouco depois, de repente o céu ficou escuro, embora ainda fosse dia, e num instante começou a nevar, e eu nunca tinha visto neve assim. Caía muito espessa, primeiro em grãozinhos duros como sêmola, depois como uma poeira tão fina que entrava pelo sistema de ventilação do carro, finalmente em flocos grandes feito nozes. Ainda estávamos na subida, a uns doze quilômetros do canteiro de obras, e percebemos que a coisa estava indo mal. Compton não disse nada, emitiu apenas um ou dois grunhidos: eu olhava o limpador do parabrisa, sentia que o motorzinho roncava e se esforçava cada vez mais, e pensava que, se ele parasse de funcionar, nós ficaríamos às cegas.

"Desculpe, mas o senhor já fez uma cagada?"

Respondi que sim, e mais de uma, mas que não percebia a relação. Faussone continuou:

"Também já fiz, e muitas, mas nenhuma tão terrível quanto a que o sujeito fez. Derrapávamos feito loucos, e a única coisa a fazer era seguir adiante em segunda, sem nunca frear ou acelerar, se possível deixando o limpador do parabrisa descansar de vez em quando; mas ele vê uma reta, dá outro grunhido e pisa fundo no acelerador. O carro gira, faz uma meia-volta precisa como os soldados e para contra a montanha, com as duas rodas da esquerda dentro da vala; o motor morre, mas o limpador continua indo para cima e para baixo como um louco, escavando no parabrisa como duas janelinhas emolduradas de neve. Vê-se que era de boa marca, ou talvez sejam mais resistentes naquele país.

"Compton calçava sapatos sociais, e eu estava com botas curtas, de estilo militar, com a sola de borracha, de modo que coube a mim sair do carro e ver o que se podia fazer. Peguei o macaco e tentei ajustá-lo, tinha a intenção de erguer o lado esquerdo do carro e depois colocar umas pedras debaixo dos pneus, dentro da vala, e depois tentar voltar ao canteiro de obras, já que o carro tinha dado meia-volta e estava em posição de descida, e não parecia que houvesse problemas com o motor. Mas não teve jeito: o carro tinha parado a trinta centímetros da barreira, e mal dava para me enfiar debaixo do carro, muito menos colocar o macaco numa posição segura. Nesse meio-tempo desabaram uns dois palmos de neve, a coisa ficava cada vez pior, e agora já estava quase escuro.

"Só restava dançar conforme a música, ficar ali tranquilo e esperar o dia seguinte: encontraríamos um jeito de sair da neve, o tanque estava cheio de gasolina, podíamos deixar o motor ligado com o aquecimento e dormir. O importante era não perder a cabeça, mas isso foi a primeira coisa que Compton fez: chorava e ria, dizia que estava sufocando e que enquanto tivesse um fio de luz eu deveria correr ao canteiro e buscar socorro. A certa altura até me agarrou pelo pescoço, e aí eu lhe dei dois murros no estômago, para que se acalmasse, e de fato se acalmou: mas na verdade eu estava com medo de passar a noite ao lado dele, e além disso o senhor sabe que eu não gosto de ficar em lugares estreitos e apertados; então perguntei se ele tinha uma lanterna, ele tinha, me deu na mão, e eu fui para fora.

"Devo dizer que não foi nada fácil. O vento piorara, a neve tinha voltado a cair bem fina e batia de lado, se enfiava na gola e nos olhos, e eu mal conseguia respirar. Devia ter caído meio metro, mas o vento a acumulara contra a barreira e o carro estava quase todo coberto; os faróis tinham ficado acesos, mas também estavam soterrados na neve, e se via a luz despontando por cima, uma claridade morta que parecia vir do Purgatório. Bati no vidro, disse a Compton que desligasse os faróis, que ficasse ali quieto e que eu voltaria logo; tentei fixar bem a posição do carro e me pus a caminho.

"No início nem foi tão complicado. Pensava cá comigo que só era preciso andar uns dez quilômetros ou até menos, se eu pegasse os atalhos entre uma curva e outra; pensava também: 'Você queria o Alasca, queria a neve: pois aí está, você devia ficar contente'. Mas não estava muito contente: aqueles dez quilômetros eram como se fossem quarenta, porque a cada passo eu afundava até a coxa; e, mesmo estando numa descida, comecei a suar, o coração batia forte, e um pouco pela tormenta, um pouco pelo cansaço, comecei a perder o fôlego e tive que parar a cada momento. Para piorar, a lanterna não servia para nada: via-se apenas umas listras brancas e uma poeira cintilante que fazia a cabeça girar — então a apaguei e fui adiante no escuro. Tinha muita pressa de chegar à planície, porque pensava que, uma vez ali, o canteiro de obras não devia estar longe: pois bem, era uma pressa estúpida, já que, quando cheguei ao plano, me dei conta de que não sabia para onde ir. Bússola eu não tinha, e a única bússola até então tinha sido a descida, e depois dela eu não sabia mais o que fazer. Fiquei com um medo imenso, que é como uma fera pavorosa, e acho que nunca passei por um momento tão ruim, nem nas outras vezes, que, pensando bem, foram bem mais arriscadas; mas era por causa do escuro, do vento, e também porque eu estava sozinho num fim de mundo; e me passava pela cabeça que, se eu caísse ali, desmaiado, a neve me cobriria e ninguém me encontraria até que viesse o degelo de abril. E pensava também em meu pai, em quem não penso quase nunca.

"Porque, sabe, meu pai era de 1912, uma geração desgraçada. Teve que participar de todos os combates possíveis, na África, depois na França, na Albânia e até na Rússia, de onde voltou para casa com o pé congelado e ideias estranhas, e depois ainda foi prisioneiro na Alemanha, mas isso eu lhe conto numa outra ocasião: entre parênteses, foi justamente naquela época, quando estava tratando do pé, que ele resolveu me fabricar — sempre me contava essa história e ria bastante. Enfim, naquela vez eu me senti quase na pele de meu pai, que mandaram se perder na neve embora ele fosse apenas um bom funileiro, e ele me dizia que teve uma grande vontade de se sentar na neve e esperar a morte, mas depois criou coragem e caminhou vinte e quatro dias até sair do fundo do poço — e assim eu também criei coragem.

"Criei coragem e me disse que a única coisa a fazer era raciocinar. Pensei assim: se o vento tinha empurrado a neve contra o carro e contra a barreira, era sinal de que vinha da meia-noite, isto é, da direção do canteiro; o jeito era esperar que o vento não mudasse de rumo e caminhar direto contra o vento. Talvez eu não encontrasse logo o canteiro, mas pelo menos me aproximaria dele e evitaria o perigo de girar em círculos como as mariposas quando veem a luz. Assim continuei caminhando contra o vento e de vez em quando acendia a lanterna para ver meus passos atrás de mim, mas a neve os apagava num segundo: além da neve que continuava a cair do céu, via-se a outra neve, a que era erguida pelo vento, que soprava forte rente à terra e sibilava no escuro feito cem serpentes. De vez em quando também olhava o relógio, e era estranho, eu tinha a sensação de caminhar havia meses, mas o relógio parecia não se mover, como se o tempo tivesse parado. Tanto melhor para Compton, pensei, porque assim não o encontramos seco feito um bacalhau; mas com certeza ele também pensava que nem eu.

"Bem, tive sorte. Depois de umas duas horas de caminhada, nada do canteiro de obras, mas percebi que estava cruzando a ferrovia, quero dizer, a estrada de serviço: é claro que não dava para ver os trilhos, mas se viam as paliçadas que eles costumam usar naquelas bandas para que a neve não se acumule sobre os trilhos. Não serviam para nada, mas serviram para mim, porque ainda estavam um pouco para fora: assim, seguindo contra o vento a linha das estacas, acabei chegando ao canteiro. Depois o resto foi tranquilo, tinham um carro preparado especialmente para as emergências, como eles dizem, e veja que o inglês é uma língua bem estranha, porque não tinha nada que emergisse da neve; era um carrão de seis toneladas, com pneus acorrentados de quase um metro de largura, que não afundam na neve e avançam por ladeiras de quarenta graus como se não fosse nada. O motorista acendeu os faróis, subimos a colina num instante, achamos o lugar, pegamos nossas pás e tiramos Compton do carro, meio adormecido. Talvez já tivesse começado a passar mal, mas nós o chacoalhamos um pouco, lhe demos um trago, que era contra seus princípios mas ele nem percebeu, o massageamos e pouco depois ele já estava bem. Falava pouco, mas ele é do tipo que sempre fala pouco. Quanto ao carro, o deixamos ali.

"No canteiro de obras me arranjaram um colchonete, e a primeira coisa que fiz foi pedir outra cópia do livreto de montagem, porque a primeira tinha ficado hibernando na Chrysler. Eu estava exausto e dormi imediatamente; mas durante toda a noite só fiz sonhar com a grande neve, e alguém que caminhava dentro dela, na noite e no vento, e no sonho não se entendia se era eu ou meu pai. No entanto, logo de manhã, assim que acordei, a primeira coisa que me veio à mente foi a outra emergência que me esperava para dali a dois dias, ou seja, a terrível empreitada de meter num barco aquele colosso gigantesco e transportá-lo de uma ilha a outra por oitenta milhas e depois fincá-lo com os pés apoiados no fundo do mar. Não me leve a mal, sabe, mas o senhor me olha como se ainda não tivesse entendido o problema."

Tratei de tranquilizar Faussone e lhe garanti que estava seguindo sua história com interesse (o que era verdade) e com total compreensão. Essa parte era menos verdadeira, porque para entender certas aventuras é preciso vivê-las ou pelo menos vê-las; ele intuiu a questão e, sem esconder sua impaciência, sacou uma esferográfica, pegou um guardanapo de papel e falou que me mostraria como era. Ele desenha bem: esboçou a forma do *derrick* em escala: um trapézio de duzentos e cinquenta metros de altura, com a base de cento e cinco e o topo de oitenta, e em cima dele um outro emaranhado de andaimes, guindastes e pequenas torres; ao lado, desenhou a Mole Antonelliana, que em comparação era quase um nada, e San Pietro, que chegava a pouco mais da metade.

"Pronto", me disse, indicando o topo, "o mar chega quase até aqui, depois que estiver em pé; mas o construíram deitado, já montado sobre três rampas, e as três rampas, sobre três superfícies deslizantes de concreto armado e aço: tudo antes de eu chegar. Agora lhe mostro outra coisa. O grande truque, a malícia maior está bem aqui, neste detalhe do desenho. As seis pernas não são todas iguais: veja que as três deste lado são mais grossas. E eram grossas mesmo: três tubos de oito metros de diâmetro, com cento e trinta metros de comprimento, justamente a altura de San Pietro, que está aqui ao lado. A propósito, o senhor sabe que não me dou muito bem com padres, mas é claro que quando estive em Roma fui visitar San Pietro, e não há o que dizer, é um trabalho estupendo, especialmente quando se pensa nos recursos da época. Bem, em San Pietro não tive vontade de rezar, nem um pouquinho; no entanto, quando aquela coisa girou lentamente na água e depois se aprumou sozinha e nós todos subimos em cima dela para quebrar a garrafa de champanhe, ah, aí sim eu tive um pouco de vontade, pena que eu não sabia a reza mais certa, não tinha nenhuma que fosse adequada. Mas não vamos antecipar.

"Então lhe dizia que três pernas são mais grossas: isso é porque, além de pernas, são elementos flutuantes, e muito bem projetados. Mas agora voltemos à história. Aí eu me arranjei no canteiro de obras e passei dois dias em paz, lendo o livreto, discutindo os detalhes com o engenheiro e esperando que as roupas secassem. No terceiro dia começamos a trabalhar.

"A primeira tarefa a fazer era ajustar os macacos hidráulicos: são como macacos de carro, mas maiores. Não era um trabalho difícil, bem na medida para ver o que era capaz de fazer aquela estranha equipe: o ortodoxo, Di Staso, o pele-vermelha e o regular. Pode imaginar que, além de entenderem mal o que eu lhes dizia, também mal se entendiam entre si; mas o fato é que eram montadores de fato, e o senhor deve saber que entre nós a gente sempre encontra um modo de se comunicar, nem que seja só com sinais: a gente se entende num piscar de olhos, e, se um é melhor, o outro com certeza lhe dará ouvidos, mesmo que não seja um superior. É assim no mundo inteiro, e todas as vezes que me lembro de meu pai — porque agora ele está morto —, penso que, se também fosse assim nos exércitos, certas coisas não aconteceriam, por exemplo, pegar um funileiro do Canavese e mandá-lo para a Rússia com sapatos de papelão para dar tiros em funileiros da Rússia. E se as coisas fossem assim também nos governos, então nem haveria mais necessidade de exércitos, porque não seria preciso fazer guerras, já que haveria um acordo entre as pessoas de bom senso."

Mas a que pensamentos chegam as pessoas quando arriscam fazer julgamentos para além de seu âmbito privado! Com muito cuidado, tentei torná-lo consciente da carga subversiva, para não dizer anárquica, que se aninhava por trás daquele discurso. Atribuir as responsabilidades segundo as competências? Que loucura! Resta ver se esse sistema pode ser tolerado entre os montadores; imaginemos então no caso de outras atividades, bem mais sutis e complexas. Mas não tive dificuldade em reconduzi-lo ao seu raciocínio.

"Veja bem, quanto a mim, não gosto de comandar nem de ser comandado. Prefiro trabalhar sozinho, porque assim, terminada a obra, é como se eu pudesse assinar embaixo; mas o senhor sabe que um trabalho como aquele não era para um homem só. Portanto começamos as atividades; depois daquela grande tempestade que lhe contei, voltou uma certa calmaria e não se estava tão mal, mas de vez em quando a névoa baixava com tudo. Demorei um pouco até entender o tipo de cada um, porque não somos todos iguais: especialmente quando se trata de estrangeiros.

"O ortodoxo era forte como um touro. Tinha uma barba que subia até quase os olhos e os cabelos batiam aqui, mas trabalhava com precisão e se via logo que era do ramo. Só que não podia ser interrompido, senão perdia o fio da meada, caía das nuvens e tinha que recomeçar tudo do início. Fiquei sabendo que Di Staso era filho de um sujeito de Bari e de uma alemã, e de fato se via que ele era meio misturado; quando falava, eu tinha mais dificuldade de entendê-lo do que se falasse com um americano, mas por sorte falava pouco. Era um desses que sempre dizem sim e depois fazem do jeito deles, ou seja, era preciso ficar de olho nele; seu maior problema é que sentia muito frio, de modo que parava a todo momento e começava a dançar, inclusive quando estava sobre o andaime — o que me deixava arrepiado —, e metia as mãos no sovaco. O pele-vermelha era uma figura: o engenheiro me contou que era de uma tribo de caçadores que, em vez de ficar em sua reserva fazendo palhaçada para os turistas, preferiram transferir-se em bloco para as cidades, onde passaram a fazer a limpeza das fachadas dos arranha-céus; ele tinha vinte e dois anos, mas seu avô e seu pai já faziam aquele tipo de serviço. Não é que seja a mesma coisa, para ser um montador é preciso um pouco mais de cabeça, mas cabeça ele tinha. Mas tinha também uns hábitos estranhos, nunca olhava nos olhos, nunca movia um músculo do rosto e parecia feito de pedra, embora durante a montagem fosse ágil feito um gato. Era também de poucas palavras e tinha um humor de cólica renal; respondia a qualquer observação e até xingava, mas por sorte somente na língua de sua tribo — assim fazíamos de conta que não entendíamos e não havia briga. Falta falar do regular, que até hoje não entendi. Era mesmo meio tapado, demorava a entender as coisas, mas tinha força de vontade e estava sempre atento, porque sabia que não era muito esperto e tentava fazer força para não errar, e de fato errava bem pouco em relação aos outros, eu nem conseguia entender como errava tão pouco. Eu tinha certa pena dele porque os outros debochavam por trás, e me comovia como se fosse uma criança, embora tivesse quase quarenta anos e não fosse um belo tipo de se ver. Sabe, a vantagem de nosso trabalho é que há lugar inclusive para pessoas que nem ele, que no trabalho aprendem o que não aprenderam na escola; só que, com elas, é preciso um pouco mais de paciência.

"Como eu dizia, não era preciso grande perícia nem muito esforço para colocar os macacos hidráulicos sob a estrutura e fazê-la deslizar até o mar, bastava deixá-los bem planos e no esquadro; gastamos um dia nisso e depois começamos a empurrar. Mas não pense que era só empurrar assim, de qualquer jeito. Havia uma cabine de comando bem aquecida, inclusive com bastante Coca-Cola, tevê com circuito interno e uma linha telefônica para comunicação com os serventes dos macacos hidráulicos: bastava apertar os botões e conferir nos monitores se o alinhamento estava correto. Ah, ia me esquecendo, entre os macacos e as rampas ainda havia câmaras piezométricas com seus indicadores na cabine, de maneira que a cada momento se podia ver o esforço; e enquanto eu estava na cabine, sentado numa poltrona em meio a todos aqueles comandos, pensava em meu pai e em suas chapas, uma batida aqui e outra ali, com muito cuidado para corrigir as imperfeições, de manhã até de noite na oficina escura, com uma pequena estufa a lenha, e me dava um nó aqui, na garganta.

"Mas não aguentei ficar muito tempo ali dentro; a certa altura, pulei para fora, no frio, para ver o *derrick* se movendo. Não se ouvia nenhum rumor, apenas o vento, o zumbido das bombas de óleo na central e o mar que se quebrava contra o cais, a trezentos metros, mas não dava para vê-lo por causa da névoa. E, no meio da névoa, perdendo-se na névoa, se via avançar o *derrick*, enorme como uma montanha e lento como uma lesma. Eu havia regulado a central como o livreto mandava, e o *derrick* se movia a meio metro por minuto: era preciso chegar perto para vê-lo se mover, e isso causava uma grande impressão, e eu pensava em quando antigamente os exércitos avançavam do norte e ninguém podia detê-los, ou quando escorreu a lava do vulcão e soterrou Pompeia, porque uma vez, num domingo, fui ver Pompeia com aquela garota ousada que lhe contei.

"Desculpe, mas, do jeito que me olha, não sei bem se o senhor entendeu bem o trabalho que a gente estava fazendo. Então: havia essa estrutura deitada de flanco sobre três rampas, as rampas sobre três pistas que desciam em direção ao mar, e dezoito macacos hidráulicos que empurravam pouco a pouco. A estrutura era feita para flutuar, mas, por comodidade de manobra, previu-se que ela deslizaria sobre dois pontões, em suma, umas barcaças de ferro que, antes de eu chegar, tinham sido enchidas de água e colocadas no fundo da enseada, na posição exata; depois que a estrutura estacionasse em cima delas, era preciso bombear a água para fora e fazê-las flutuar de novo, carregadas agora com o peso da estrutura, que deveria ficar para fora da linha-d'água, e em seguida rebocar pontões e estrutura até o fundo, afundar de novo os pontões, alinhar a estrutura na vertical e fazê-la pousar sobre suas pernas.

"Tudo correu bem, o *derrick* deslizou tranquilo até a enseada, e tinha chegado a hora de fazer os pontões subirem de novo: mas nada aconteceu. Fazia um certo tempo que ventava, a neblina tinha ido embora, mas o mar também começou a ficar agitado. Não é que eu tenha muita experiência de mar, e aquele era justamente meu primeiro trabalho perto do mar, ou melhor, dentro; quanto ao engenheiro, eu percebia que ele farejava o ar como um cão de caça, dilatando as narinas e fazendo expressões como se dissesse que a situação não estava nada boa. Realmente, no dia do alçamento já havia ondas altas: o manual também previa isso, nenhum alçamento se as ondas tivessem mais de dois pés, e de fato elas estavam bem acima disso, e assim só nos restava esperar.

"Ficamos de braços cruzados por três dias, e não aconteceu nada de especial, passamos o tempo bebendo, dormindo e jogando baralho, e eu até ensinei aos meus quatro o vinte-e-um, porque ninguém tinha vontade de passear com todo aquele vento e na bela paisagem que já lhe descrevi. O pele-vermelha me deixou espantado: sempre de mau humor e sem me olhar nos olhos, me fez entender que me convidava a ir à casa dele, que não ficava longe dali; porque, sendo ele ainda meio selvagem, não ficava no alojamento como nós, mas na casa dele, um barraco de madeira, com a mulher. Os outros faziam a maior algazarra, e eu não entendia o porquê: resolvi ir, porque gosto de ver como as pessoas vivem, e quando entrei em seu barraco me dei conta de que ele fazia gestos para que eu me deitasse com sua mulher. Já a mulher, séria como ele, olhava de lado e não dizia nada, e eu me sentia constrangido porque ali dentro não havia nem sequer uma cortina, faltava a intimidade, e além disso eu tinha medo. Assim fiz um discurso todo enrolado em italiano, para que ele não entendesse, e saí dali. Do lado de fora os colegas estavam esperando: então entendi o porquê da algazarra, e eles me explicaram que naquela tribo o costume era esse, oferecer a mulher aos superiores, mas que eu tinha feito bem em não aceitar, porque eles só se lavam com banha de foca, e não muito frequentemente.

"Quando o mar se acalmou, começamos a bombear o ar para dentro dos pontões. Era uma bomba de nada, de baixa prevalência, não maior do que aquele banquinho ali, e funcionava que era uma beleza: parecia quase impossível que pudesse fazer todo o trabalho sozinha e tivesse força para erguer treze mil toneladas. Pense só em quantos guindastes seriam necessários: no entanto, em dois dias, os pontões subiram caladinhos, fixamos embaixo deles os seus suportes, bem soltos, e na noite do segundo dia o *derrick* estava ali, flutuando, e até parecia que estava com vontade de partir, mas era só efeito do vento. Confesso que tive algum ciúme dos projetistas que tinham estudado aquele truque de pôr em trabalho o ar, a água e o tempo: nunca me ocorreria uma coisa dessas, mas já lhe disse que não tenho intimidade com a água, tanto é que nem sei nadar direito, e dia desses lhe conto por quê.

"Não sei nadar direito, mas não fazia diferença, porque ninguém nadaria num mar como aquele: era cor de chumbo, e tão frio que não posso entender como vivem dentro dele aqueles famosos camarões, que continuavam nos dando no refeitório, às vezes cozidos ou então assados; no entanto me disseram que era um mar cheio de peixes. Todos nós vestimos os coletes salva-vidas, porque o manual também trazia esses detalhes, subimos nos rebocadores e partimos rumo ao largo, puxando atrás de nós o *derrick* deitado sobre os dois pontões, como quando se leva à feira uma vaca pela cabeça. Era a primeira vez que eu navegava e não ia nada tranquilo, mas tentava disfarçar como podia e pensava que, quando começássemos o trabalho de posicionar o *derrick*, me distrairia e tudo passaria. O ortodoxo também estava com medo, já os outros três não estavam nem aí, somente Di Staso estava um pouco enjoado.

"Eu disse que partimos rumo ao largo por modo de dizer, porque não era nenhum largo. Diante daquela costa há toda uma fileira de ilhas e ilhotas, de canais que se emaranham uns nos outros, alguns tão estreitos que o *derrick* mal passava de viés, e quando eu pensava no que poderia acontecer se ele trombasse me vinha um frio na espinha. Por sorte o piloto era ótimo e conhecia o caminho; fui até a cabine de pilotagem para ver como ele fazia, estava todo calmo e falava pelo rádio com o piloto do outro rebocador, com uma voz toda nasal, típica dos americanos. No início pensei que combinassem entre si a rota a ser seguida, mas estavam falando da partida de beisebol."

Eu não tinha entendido bem a história dos pontões: se o *derrick* tinha sido projetado para flutuar, não podiam transportá-lo diretamente ao mar, sem aquelas complicações? Faussone me olhou boquiaberto e então respondeu com a paciência impaciente de quem se dirige a um menino esforçado, mas meio retardado.

"Sabe de uma coisa, se fosse o lago de Avigliana talvez o senhor até tivesse razão, mas estávamos no Pacífico, e realmente não sei por que os exploradores o chamaram assim, já que ele sempre tem ondas, mesmo quando está calmo — ou pelo menos era assim todas as vezes que o vi. E um troço grande como aquele, mesmo sendo de aço, não precisa de muito para envergar, porque não tinha sido calculado para trabalhar deitado; pensando bem, um pouco que nem nós, que para dormir precisamos de uma cama que seja plana. Em suma, os pontões eram necessários, caso contrário havia o perigo de que a estrutura se deformasse com as ondas.

"Então lhe dizia que estávamos em um dos rebocadores, e que eu tive certo medo no início; mas depois o medo passou, porque me convenci de que não havia perigo. Os rebocadores são máquinas belas e grandes; não confortáveis, porque não são feitos para cruzeiros, mas sólidos, bem projetados, sem um parafuso a mais, e basta subir num deles para perceber sua força extraordinária, e de fato servem para rebocar navios muito mais pesados do que eles, e não há borrasca que os detenha. Depois de navegarmos um bom tempo entre um canal e outro, me cansei de ficar ali, olhando a paisagem que era sempre a mesma, e então desci para a coberta e fui conhecer a casa das máquinas e devo dizer que me diverti, embora chamar aquilo de casa seja um exagero, porque o espaço mal dá para dar um giro: mas aquelas bielas, e mais que tudo a árvore da hélice, nunca mais me esqueço daquilo; nem da cozinha, onde todas as panelinhas são aparafusadas na parede, e o cozinheiro nem precisa se mexer para fazer a comida, porque já tem tudo à mão. De resto, quando veio a noite, todos paramos e nos deram o rancho como se estivéssemos na caserna, mas não era nada ruim; só que, em vez da fruta, nos deram camarões com geleia. Depois, todos dormimos nos catres; a embarcação nem jogava muito, aliás, o suficiente para embalar o sono.

"De manhã saímos daquele emaranhado de canais, e eu respirei aliviado. Agora só faltavam umas doze milhas para chegarmos ao lugar certo, onde já havia uma boia com lanterna e rádio, para localizá-la no caso de haver neblina; e de fato havia neblina. Chegamos à boia ao meio-dia. Tratamos logo de atar o *derrick* a outras boias, para que ele não fosse à deriva durante a manobra, e abrimos as saídas de ar do pontões a fim de afundá-los um pouco e depois retirá-los dali; eu disse abrimos, mas, para ser sincero, eu fiquei na ponte, quem estava nos pontões era o pele-vermelha, que de todos era quem menos tinha medo do mar, mas foi tudo muito rápido; só se ouviu um grande assovio, como se respirassem aliviados: os dois pontões se destacaram do *derrick*, e os rebocadores os levaram embora.

"Àquela altura restava pouco a fazer, e eu entrava em cena. Sorte que o mar estava quase calmo: fiz a melhor cara de corajoso que consegui inventar e depois, com meus quatro homens, subimos num barquinho e escalamos as escadas do *derrick*. Era preciso fazer todas as checagens e depois retirar os lacres das válvulas das pernas de flutuação: o senhor sabe quando se tem de fazer uma coisa que não lhe agrada, mas a gente se esforça, porque se faz o que se tem de fazer; especialmente quando se deve ordenar que outros a façam também e quando alguém do grupo fica enjoado, ou quem sabe provoca o enjoo de propósito, porque tive essa suspeita.

"As checagens foram um trabalho demorado, mas tudo estava bem, não havia nenhuma deformação maior do que as já previstas. Tudo por segurança, não sei se me expliquei bem: imagine meu *derrick* como uma pirâmide cortada, aqui está, que flutua sobre uma das faces, que é feita de três pernas alinhadas, ou seja, os tubos de flutuação. Pois bem, era preciso sobrecarregar a parte baixa dessas pernas de modo que elas afundassem e a pirâmide girasse para ficar de pé. Para tornar as pernas pesadas era necessário enchê-las com água do mar: elas eram divididas em segmentos com divisórias, e cada segmento possuía válvulas que faziam o ar sair e a água entrar no momento adequado. As válvulas eram comandadas por rádio, mas tinham mecanismos de segurança, e estes deviam ser desativados manualmente, quero dizer, a golpes de martelo.

"Foi justamente nesse momento que me dei conta de que toda a estrutura estava se movendo. Era estranho: o mar parecia parado, não se viam ondas, e no entanto a estrutura se movia para cima e para baixo, para cima e para baixo, bem lentamente, como o berço de um bebê, e comecei a sentir o estômago subir até a boca. Tentei resistir, e talvez até conseguisse se não tivesse avistado Di Staso agarrado a duas hastes, como se fosse Cristo na cruz, vomitando no oceano Pacífico a oito metros de altura, e aí já era. Fizemos o trabalho mesmo assim, mas, como o senhor sabe, eu costumo fazer minhas coisas com um pouco mais de estilo, mas prefiro poupá-lo dos detalhes; o fato é que, em vez de felinos, parecíamos aqueles bichos cujo nome não lembro, desses que se veem no zoológico e têm uma cara de cretino, sempre sorrindo, as patas em forma de gancho, e se deslocam bem devagar pendurados nos galhos das árvores com a cabeça para baixo: aí está, com a exceção do pele-vermelha, nós quatro dávamos essa impressão, e de fato eu via aqueles safados no rebocador que, em vez de nos incentivar, riam e nos faziam gestos de macacos e batiam as mãos nas coxas. Mas, do ponto de vista deles, deviam ter razão: ver um especialista que veio justamente para isso do outro lado do mundo, com a chave estrela pendurada na cintura — porque ela é para nós como a espada para os cavaleiros de antigamente —, engatinhando como um bebê crescido devia ser um belo espetáculo.

"Por sorte eu estava bem preparado para aquele trabalho, e também preparara meus quatro ajudantes; em suma, à parte a elegância, terminamos tudo com apenas quinze minutos de atraso em relação ao tempo previsto no livreto, voltamos para os rebocadores e, assim que cheguei ali, o enjoo passou imediatamente.

"Na cabine de comando estava o engenheiro com o binóculo e o cronômetro, em frente aos comandos de rádio, e ali começou a cerimônia. Eu me sentia como se estivesse diante de uma televisão quando se tira o áudio. Ele apertava os botões um a um, como se fossem campainhas, mas não se ouvia nada, somente nossa respiração, e respirávamos como na ponta dos pés. A certo ponto vimos o *derrick*, que começava a pender, como um cargueiro quando está para ir a pique: mesmo de longe se viam os redemoinhos que as pernas faziam ao afundar na água, e as ondas chegavam até nós e balançavam o rebocador, mas não se ouvia nenhum barulho. Inclinava-se cada vez mais, e a plataforma de cima se erguia, até que, levantando uma grossa espuma, ele se pôs de pé, desceu mais um pouco e parou com precisão, como se fosse uma ilha, mas era uma ilha que nós tínhamos construído; quanto aos outros, não sei, mas naquele instante pensei no Pai Eterno quando fez o mundo, admitindo-se que tenha sido ele mesmo, no momento em que separou o mar do seco, ainda que fosse uma ideia disparatada. Então voltamos ao barco, vieram também os que estavam no outro rebocador, e todos subimos até a plataforma; quebramos uma garrafa e fizemos um pouco de festa, porque esse é o costume.

"E agora não vá dizer por aí, mas naquele momento tive vontade de chorar. Não por causa do *derrick*, mas por meu pai; quero dizer, aquele sacramento de ferro plantado no meio do mar me trouxe à memória um monumento absurdo que certa vez meu pai resolveu fazer com seus amigos, um pouquinho a cada vez, aos domingos, depois das partidas de bocha, todos já velhotes e todos meio lunáticos e embriagados. Todos tinham estado na guerra, uns na Rússia, outros na África, outros não sei onde, e não aguentavam mais; portanto, como todos faziam mais ou menos o mesmo ofício, um sabia soldar, outro usava a lima, outro batia a chapa, e assim por diante, decidiram fazer um monumento e doá-lo à cidade, mas devia ser um monumento ao contrário. Ferro em vez de bronze, e em vez de todas aquelas águias e coroas de glória e o soldado que avança com a baioneta, queriam fazer a estátua do padeiro desconhecido: sim, daquele que inventou a maneira de fazer pãozinho; e fazê-lo justamente de ferro, em chapa negra de vinte décimos, soldada e parafusada. De fato a fizeram, e não há o que dizer, era uma peça bem robusta, mas em termos de estética não se saiu muito bem. Assim o prefeito e o pároco não a quiseram e, em vez de ser colocada no meio da praça, está pegando ferrugem numa cantina, em meio a garrafas de vinho bom."

Bater chapa

"Não ficavam muito longe daqui as terras onde meu pai fez sua retirada, mas era em outra estação: ele me contava que até o vinho congelava nos cantis, até o couro das cartucheiras."

Havíamos avançado dentro do bosque, um bosque de outono esplêndido de cores inesperadas: o verde-ouro dos pinheiros, cujas agulhas tinham apenas começado a cair, a púrpura intensa das faias e, mais adiante, o escuro quente dos bordos e dos carvalhos. Os troncos já desfolhados das bétulas acendiam o desejo de acariciá-los como se faz com os gatos. Entre as árvores a ramagem era baixa, e as folhas mortas ainda eram poucas: o terreno era sólido e elástico, como se estivesse batido, e soava estranhamente sob nossos passos. Faussone me explicou que, quando se impede que as árvores cresçam muito juntas, o bosque se limpa por si: trabalho para bichos de todo porte, e me mostrou os rastros da lebre no barro ressecado pelo vento e a turgidez amarela e vermelha dos carvalhos e das rosas-caninas, com o vermezinho dentro, adormecido. Eu estava um tanto surpreso por sua intimidade com as plantas e os animais, mas ele me fez notar que não tinha nascido já montador: suas lembranças de infância mais felizes eram cheias de marola, isto é, de pequenos furtos agrícolas, excursões em bando à caça de ninhos ou de cogumelos, zoologia autodidata, teoria e prática das armadilhas, comunhão com a modesta natureza canavesana sob espécies de mirtilos, morangos, amoras, framboesas e aspargos selvagens — tudo vivificado pelo arrepio de estar cometendo uma transgressão.

"Sim, porque meu pai me contava tudo", prosseguiu Faussone. "Desde quando eu era menino, queria que eu terminasse depressa as tarefas da escola e descesse à oficina com ele. Ou seja, que fizesse que nem ele, que aos nove anos já estava na França aprendendo o ofício, porque na época todos faziam assim, no baixo vale todos eram magninos, e ele fez seu ofício até morrer. Ele vivia dizendo que morreria com o martelo na mão, e morreu exatamente assim, coitado: mas não é que essa seja a pior maneira de morrer, porque tem muita gente que, quando para de trabalhar, ou pega uma úlcera ou afunda na bebida ou começa a falar pelos cotovelos, e eu acho que ele seria um desses, mas justamente morreu antes.

"Nunca fez outra coisa além de bater chapa, tirando a época em que foi preso e mandado para a Alemanha. Chapa de cobre; e com o cobre — porque antigamente o aço inoxidável ainda não estava na moda — faziam de tudo: vasos, panelas, tubos e até destiladores sem o carimbo do governo, para fazer grapa de contrabando. Em minha cidade, porque também nasci ali em tempos de guerra, era um bater que não tinha fim; mais que tudo, faziam caçarolas rústicas, grandes e pequenas, com estanho dentro, porque magnino quer dizer quem trabalha com estanho, o sujeito que faz panelas e depois passa estanho dentro, e ainda hoje há várias famílias que se chamam Magnino, e talvez nem mais saibam por quê.

"O senhor sabe que o cobre endurece quando é batido..."

Sabia, sim: durante a conversa, veio à tona que eu também, mesmo sem nunca ter batido chapa, tinha uma longa intimidade com o cobre, costurada de amor e ódio, de batalhas silenciosas e acirradas, de entusiasmos e cansaços, de vitórias e derrotas, e fértil de um conhecimento cada vez mais afiado, como acontece com as pessoas com as quais convivemos longamente e cujos movimentos e palavras podemos prever. Eu conhecia, sim, a flexibilidade feminina do cobre, metal dos espelhos, metal de Vênus; conhecia-lhe o esplendor abrasante e o gosto malsão, a maciez verde-celeste de seus óxidos e o azul-vítreo de seus sais. Conhecia bem, com as próprias mãos, o recrudescimento do cobre, e quando disse isso a Faussone, nos sentimos meio parentes: se maltratado, ou seja, batido, estirado, dobrado, comprimido, o cobre age como nós, seus cristais se espessam e se torna duro, áspero, hostil, Faussone teria dito "arverso". Disse que poderia explicar-lhe o mecanismo do fenômeno, mas ele respondeu que não lhe importava, retrucando-me aliás que nem sempre era assim: assim como nós não somos todos iguais, e diante das dificuldades nos comportamos de modos diversos, o mesmo ocorre com certos materiais que ganham quando são batidos, como o feltro e o couro, ou como o ferro, que quando martelado cospe a escória para fora, se reforça e se torna justamente ferro batido. Para concluir, lhe disse que era preciso ter cautela com as comparações, porque às vezes podem ser poéticas, mas revelam muito pouco: por isso, todo cuidado quando se tenta extrair delas indicações educativo-edificantes. O educador deve seguir o exemplo do ferreiro, que batendo rudemente o ferro lhe confere nobreza e forma, ou do vinhateiro, que obtém o mesmo resultado com o vinho afastando-se dele e conservando-o no escuro de uma cantina? É melhor que a mãe siga o modelo do pelicano, que se despena e desnuda para deixar macio o ninho de seus filhotes, ou da ursa, que os encoraja a subir nos abetos para depois abandoná-los lá em cima e ir embora, sem nem se virar para trás? Qual o melhor modelo didático, a têmpera ou o abrandamento? Distância das analogias: corromperam a medicina por milênios, e talvez seja culpa delas se hoje os sistemas pedagógicos são tão numerosos, e depois de três mil anos de discussão ainda não se sabe bem qual seja o melhor.

De qualquer modo, Faussone me fez lembrar que a lâmina de cobre, endurecida (isto é, não mais trabalhável com o martelo, não mais "maleável") pelo trabalho, deve ser cozida de novo, vale dizer, aquecida por alguns minutos a cerca de oitocentos graus Celsius, para reconquistar a flexibilidade primitiva; por conseguinte, o trabalho do magnino consiste numa alternância entre aquecer e bater, bater e aquecer. Eu sabia mais ou menos essas coisas; no entanto, não tinha frequentado tão longamente o estanho, ao qual sou ligado apenas por uma rápida aventura juvenil, e ainda por cima de caráter essencialmente químico; de modo que escutei com interesse as notícias que ele me fornecia:

"Uma vez que a panela está feita, o trabalho ainda não está pronto, porque se o senhor — vamos supor — cozinhar numa panela de cobre cru, com o tempo vai terminar doente, o senhor e sua família; além disso, não se sabe ao certo se o fato de meu pai ter morrido com apenas cinquenta e sete anos não tenha sido porque ele já tinha o cobre circulando no sangue. A moral da história é que é preciso revestir a panela de estanho por dentro, e aqui não pense que seja uma coisa muito fácil, ainda que em teoria o senhor saiba como se faz: mas a teoria é uma coisa, e a prática é outra. Bem, para encurtar a história, primeiro vai o vitríolo ou, quando se está com pressa, o ácido nítrico, mas por pouco tempo, senão adeus panela, depois se lava com água e em seguida se leva embora o óxido com o ácido cozido."

Esse termo para mim era novo. Pedi um esclarecimento e não imaginava que, ao fazer isso, fosse reavivar uma velha cicatriz: porque o fato é que Faussone não sabia exatamente o que era o "acid cheuit", e não sabia porque se recusara a aprender; em suma, ele teve algumas rusgas com o pai porque já estava com dezoito anos e não queria mais ficar na cidade natal fazendo panelas: queria ir para Turim e trabalhar na Lancia, e de fato ele esteve um tempo na empresa, mas durou pouco. Pois bem, eles tinham discutido justamente por causa do ácido cozido, e o pai no início ficou bravo, mas depois se calou porque entendeu que não tinha mais jeito.

"Seja como for, se faz com ácido muriático, coloca-se para cozinhar com zinco e com sal amoníaco e não sei mais o quê, se quiser posso me informar; mas ainda não é hora de estanhar o cobre, vamos com calma. Depois disso, enquanto o ácido cozido faz seu trabalho, é preciso deixar pronto o estanho. Estanho virgem: e é aí que se vê se o magnino é um sujeito elegante ou um esculhambado. O estanho tem que ser virgem, ou seja, puro como veio das minas, e não o estanho de solda, que vem misturado com chumbo — e lhe digo isso porque havia uns que estanhavam as panelas com estanho de soldador: inclusive havia alguns em minha cidade, e quando o serviço está terminado nem se nota, mas o que depois acontece com o cliente que cozinha quem sabe durante vinte anos com o chumbo que passa devagarzinho em todas as comidas, nem lhe conto.

"Então eu estava dizendo que é preciso deixar o estanho pronto, fundido, mas não muito quente, senão depois vem uma crosta vermelha e estraga o material; e o senhor sabe, agora é fácil, mas naquele tempo os termômetros eram coisa de gente rica, e se avaliava o calor assim, por alto, com o cuspe. Desculpe, mas é preciso chamar as coisas pelo nome: o sujeito olhava se o cuspe fritava de leve ou forte, ou até se saltava. Nessa altura se pegam as *cuchas*, que são como estopas de juta, e nem sei se têm um nome em italiano, e se passa o estanho sobre o cobre como se espalharia manteiga numa terrina, não sei se dei bem a ideia; e logo em seguida se mete na água fria, senão o estanho, em vez de brilhante, fica meio embaçado. Veja, era um trabalho como outro qualquer, feito de grandes e pequenas sabedorias, inventadas sabe-se lá por que Faussone perdido no tempo dos tempos, e para dizer tudo seria preciso um livro, um livro que ninguém nunca vai escrever, o que no fundo é uma pena; aliás, agora, depois de todos esses anos, lamento aquele desentendimento que tive com meu pai, de ter respondido e de tê-lo forçado a se calar: porque ele sabia que aquele ofício, feito sempre daquela maneira desde que o mundo é mundo, ia acabar morrendo com ele, e quando lhe respondi dizendo que o ácido cozido não me importava nada, ele ficou calado, mas se sentiu morrer um pouco por dentro já naquele momento. Porque, veja, ele gostava de seu ofício, e agora o compreendo porque agora também gosto do meu."

O assunto era central, e me dei conta de que Faussone sabia disso. Se excluirmos os instantes prodigiosos e singulares que o destino nos pode dar, amar o próprio trabalho (o que, infelizmente, é privilégio de poucos) constitui a melhor aproximação concreta da felicidade na terra: mas esta é uma verdade que não muitos conhecem. Essa interminável região, a região da lida, do batente, do ganha-pão, enfim, do trabalho cotidiano, é menos conhecida que a Antártida, e, por um triste e curioso fenômeno, quem mais fala dela, e com mais clamor, são justamente aqueles que menos a percorreram. Para exaltar o trabalho, mobiliza-se nas cerimônias oficiais uma retórica insidiosa, cinicamente fundada na consideração de que um elogio e uma medalha custam bem menos do que um aumento de salário, e rendem mais; mas também existe a retórica de sinal oposto, não cínica, mas profundamente estúpida, que tende a denegri-lo, a pintá-lo como vil, como se o trabalho, próprio ou alheio, pudesse ser dispensado, não só numa Utopia, mas hoje e aqui: como se quem sabe trabalhar fosse por definição um servo, e como se, ao contrário, quem não sabe trabalhar ou sabe mal ou não quer fosse por isso mesmo um homem livre. É uma verdade melancólica que muitos trabalhos não são agradáveis, mas é nocivo entrar em campo cheio de ódio preconcebido: quem faz isso se condena por toda a vida a odiar não só o trabalho, mas a si mesmo e ao mundo. É possível e se deve lutar para que o fruto do trabalho permaneça nas mãos de quem o faz, para que o próprio trabalho não seja uma pena; mas o amor ou, respectivamente, o ódio pela obra são um dado interno, originário, que depende mais da história de cada indivíduo do que, como se costuma acreditar, das estruturas produtivas dentro das quais o trabalho se desenvolve.

Como se tivesse sentido o revérbero de meus pensamentos, Faussone retomou: "O senhor sabe qual é meu nome de batismo? Tino, como tantos outros: mas o meu Tino quer dizer Libertino. Na verdade, quando meu pai foi me registrar, queria me chamar de Libero, e o prefeito, embora fosse fascista, era amigo dele e estava de acordo, mas com o secretário municipal não teve jeito. Todas essas coisas eu fiquei sabendo depois, por minha mãe: o tal secretário dizia que entre os santos não havia esse nome, que era muito fora dos padrões, que ele não queria problemas, que era preciso o de acordo do secretário federal, talvez até de Roma — tudo balela, é claro, pois o fato é que ele, por não saber ler nem escrever, não queria em seus registros aquela palavrinha 'Libero'. Em resumo, não teve perdão; moral da história, meu pai se decidiu por Libertino porque, pobre coitado, não se dava conta, achava que fosse a mesma coisa, que Libertino fosse como quando um indivíduo se chama Giovanni e o chamam de Giovannino; o fato é que fiquei Libertino, e todos os que por acaso batem o olho em meu passaporte ou na minha identidade riem por trás. Até porque, passa um ano, passa outro, de tanto girar o mundo assim como eu, acabei me tornando um pouco libertino de verdade, mas isso é outra história, e de resto o senhor já percebeu. Sou libertino, mas essa não é minha especialidade. Não estou no mundo para isso, se bem que, se o senhor me perguntasse por que estou no mundo, eu teria uma certa dificuldade em responder.

"Meu pai queria me chamar de líbero porque queria que eu fosse livre. Não é que ele tivesse ideias políticas, de política só pensava que não se devia fazer a guerra, porque já tinha experimentado na pele; para ele, líbero queria dizer trabalhar sem um patrão. Quem sabe até doze horas por dia numa oficina toda preta de fuligem e gelada no inverno, como a dele, talvez até como imigrante ou para cima e para baixo com o carreto, como os ciganos, mas sem ter um patrão, não na fábrica, não para passar toda a vida fazendo os mesmos movimentos agarrado a uma máquina até que não se é capaz de fazer mais nada, e aí o dispensam e aposentam e você fica sentado num banco de praça. Por isso ele era contra que eu fosse para a Lancia, e no fundo, no fundo, gostaria que eu tivesse levado adiante sua biboca e me casasse e tivesse filhos e também lhes mostrasse como se faz o serviço. E não duvide — agora não falo por falar, me viro bem no que faço —, mas, se meu pai não tivesse insistido, às vezes com boas maneiras e às vezes nem tanto, para que depois da escola eu fosse girar a manivela da forja e aprender o ofício com ele, que de uma chapa de trinta décimos tirava fora uma meia esfera perfeita que nem diamante, assim, de olho, sem nem uma nesga de sobra, bem, se não fosse por meu pai e se eu tivesse me contentado com o que me ensinavam na escola, garanto que até hoje estaria grudado na linha de montagem."

Tínhamos chegado a uma clareira, e Faussone me fez notar, como se fossem elevações quase imperceptíveis na superfície, os labirintos elegantes das toupeiras, pontilhados pelos montículos cônicos de terra fresca escavada durante suas jornadas noturnas. Pouco antes, me ensinara a reconhecer os ninhos das cotovias escondidos nas depressões dos campos e me indicara um engenhoso ninho de marmota, em forma de cilindro, semioculto entre os galhos baixos de um salgueiro. Mais tarde, parou de falar e me deteve, pondo o braço esquerdo diante de meu peito como uma barreira: com a mão direita, apontava um ligeiro tremor da relva, a poucos passos de nossa trilha. Uma serpente? Não; de repente, do terreno batido, emergiu uma pequena e curiosa procissão: um ouriço avançava cauteloso, com breves paradas e arranques, e atrás dele, ou dela, vinham cinco filhotes, como minúsculos vagões puxados por uma locomotiva de brinquedo. O primeiro apertava com a boca a cauda da guia, e cada um dos outros, do mesmo modo, apertava o rabinho do que ia à frente. A guia parou decidida diante de um grande besouro, revirou-o com a patinha e o pegou entre os dentes: os pequenos romperam o alinhamento e se apinharam ao redor; depois a guia recuou para trás de uma moita, arrastando consigo todos os personagens.

No crepúsculo o céu nublado ficou límpido; quase de repente percebemos um estrilo distante e triste, e, como costuma acontecer, nos demos conta de que já o escutáramos antes, mas sem tomar consciência. Repetia-se a intervalos regulares, e não se entendia de que direção partia, mas depois descobrimos, altíssimos sobre nossas cabeças, os bandos ordenados dos grous, um após outro, em longa linha negra contra o céu pálido, como se chorassem por terem de partir.

"... mas ainda teve tempo de me ver sair da fábrica e começar este trabalho que faço agora, e acho que ele ficou contente:

nunca me disse isso, porque não era de muitas palavras, mas me fez entender de várias maneiras, e, quando viu que de vez em quando eu partia em viagem, com certeza sentiu inveja, mas uma inveja de pessoa de bem, não como quando se cobiça a sorte dos outros e, como não se pode tê-la, então se torce para que tudo dê errado. Ele teria gostado de um trabalho como o meu, ainda que a empresa fature com ele, porque pelo menos o resultado permanece com a gente: aquilo fica ali, é seu, ninguém pode tirá-lo de você, e ele entendia essas coisas, via-se pelo modo como ficava olhando seus alambiques depois que os terminava e polia. Quando os clientes vinham buscá-los, ele como que os acariciava, e dava para ver que se desgostava; quando não iam para muito longe, de vez em quando pegava a bicicleta e ia vê-los mais uma vez, com a desculpa de conferir se tudo estava bem. E teria gostado também por conta das viagens, porque em seu tempo se viajava pouco, e de fato ele pouco tinha viajado, e mal. Daquele ano que tinha passado na Saboia como aprendiz, dizia que se lembrava apenas das freiras, dos tabefes e dos palavrões que lhe dirigiam em francês. Depois veio a Rússia, a vida de militar, e imagine que bela viagem foi aquela. No entanto, o senhor vai achar esquisito, mas ele me disse várias vezes que o melhor ano de sua vida foi justamente depois de Badoglio, quando os alemães os pegaram no depósito de Milão, os desarmaram, os empacotaram nos vagões de carga e os mandaram trabalhar na Alemanha. Está espantado, hein? Mas é sempre bom saber um ofício.

"Nos primeiros meses passou por misérias, e não é preciso que eu conte essas coisas ao senhor. Ele não quis dar sua assinatura para ir com a república e voltar à Itália. Durante todo o inverno, só na pá e na picareta, e não era uma vida boa, mesmo porque a roupa era pouca, tinha só a farda militar. Ele se alistara como mecânico: já tinha perdido todas as esperanças quando, em março, o convocaram e o botaram para trabalhar numa oficina de tubulações, e ali já estava um pouquinho melhor; mas depois se ficou sabendo que estavam precisando de maquinistas para as ferrovias, e ele não era propriamente um maquinista, mas pelo menos tinha uma ideia de como funcionavam as caldeiras, e depois pensou que o passo da mula se ajusta ao longo da estrada, e embora não soubesse nenhuma palavra de alemão ele foi adiante, pois quando se tem fome o homem se faz esperto. Teve sorte porque o colocaram em locomotivas a carvão, daquelas que naquele tempo transportavam mercadorias e puxavam os comboios expressos, e ele ainda arranjou duas namoradas, uma em cada fim de linha. Não que ele fosse um tipo muito ousado, mas dizia que era fácil, todos os alemães tinham partido com o Exército, e as mulheres corriam atrás de você. Pode imaginar que ele nunca falou claramente dessa história, porque quando o capturaram ele já estava casado e tinha até um filhinho pequeno, que afinal de contas era eu: mas nos domingos os amigos dele vinham beber uns copos com a gente, e uma frasezinha aqui, uma risadinha ali, uma conversa interrompida no meio, não era preciso muito para entender, mesmo porque eu via os amigos rindo de gosto e, enquanto isso, minha mãe com a cara comprida, olhando do outro lado com um sorriso amarelo.

"E eu também o compreendo, porque foi a única vez na vida que ele teve um pouco de rédeas soltas; além disso, se não encontrasse as namoradas alemãs que iam ao mercado negro e lhe davam de comer, talvez ele também acabasse tísico feito tantos outros, o que para minha mãe e para mim seria uma desgraça. Quanto a conduzir a locomotiva, ele dizia que era mais fácil do que andar de bicicleta, bastava apenas ficar atento aos sinais e, se viesse um bombardeio, frear, largar tudo ali e escapar pelas pradarias. O único problema era quando baixava a neblina, ou quando soavam os alarmes e os alemães faziam neblina de propósito.

"No fim das contas, quando chegava à última estação, em vez de ir ao dormitório da ferrovia, ele enchia os bolsos, a bolsa e a camisa de carvão para presenteá-lo à namorada da vez, porque outros presentes ele não tinha, e ela em troca lhe preparava o jantar, e ele de manhã tornava a partir. Depois de um tempo fazendo esse negócio, veio a saber que na mesma linha viajava um outro maquinista italiano, também prisioneiro militar, um mecânico de Chivasso; mas este transportava a carga da noite. Só se encontravam raramente, no fim de linha, mas, como eram quase conterrâneos, fizeram amizade mesmo assim. Como o mecânico de Chivasso não se arranjara bem e passava fome, porque só comia o que lhe dava a ferrovia, meu pai lhe cedeu uma das namoradas, assim, a fundo perdido, por pura amizade, e desde então ficaram muito amigos. Depois que os dois voltaram, o de Chivasso vinha nos visitar duas ou três vezes por ano e no Natal nos trazia um peru: aos poucos, todos nós começamos a considerá-lo como se fosse meu padrinho, porque nesse meio-tempo meu padrinho verdadeiro, aquele que fazia aros de bronze para a Diatto, tinha morrido. Enfim, queria saldar sua dívida, tanto é que muitos anos mais tarde foi ele quem me conseguiu aquela vaga na Lancia e convenceu meu pai a me deixar ir, e depois me apresentou à primeira empresa onde trabalhei como montador, embora na época eu ainda não fosse um montador. Ainda está vivo e nem é tão velho; é um que sabe fazer as coisas, depois da guerra começou a criar perus e galinhas d'angola e acabou fazendo um bom dinheiro.

"Já meu pai voltou a trabalhar como antes, batendo chapa na oficina dele, um toque aqui e outro ali, no ponto exato, para que a chapa ficasse toda da mesma espessura e para aplainar as rugas, que ele chamava de veias. Ofereceram-lhe boas vagas na indústria, sobretudo nas carrocerias, que afinal não era um trabalho tão diferente; minha mãe lhe dizia todos os dias que aceitasse, porque o pagamento era bom e por causa da previdência, da aposentadoria etc., mas ele nem queria saber: dizia que o pão do patrão tem sete crostas, e que é melhor ser cabeça de enguia do que rabo de esturjão — porque ele era um daqueles que adoram os provérbios.

"Naquela altura ninguém mais queria panelas de cobre revestidas de estanho, porque já havia nas lojas as de alumínio, que custavam menos, e depois vieram as de aço inoxidável com aquele verniz que não deixa a bisteca grudar, e o dinheiro entrava cada vez menos, mas ele não pensava em mudar e começou a fazer autoclaves para hospitais, dessas para esterilizar os ferros de operação, sempre de cobre, mas com banho de prata em vez de estanho. Foi naquele período que ele combinou com os amigos de fazer o tal monumento ao padeiro desconhecido, e quando o recusaram ele ficou mal e deu para beber um pouco mais. Já não trabalhava tanto, porque as encomendas eram poucas, e a tempo perdido fazia outras coisas com uma nova forma, só pelo prazer de fazê-las, umas mesas, uns vasos para flor, mas não os vendia, os colocava num canto ou então dava de presente.

"Minha mãe era forte, estava sempre na igreja, mas não tratava meu pai muito bem. Não lhe dizia nada, mas era ríspida, e se via que não o estimava tanto: não se dava conta de que, para aquele homem, o fim do trabalho era o fim de tudo. Não queria que o mundo mudasse, mas, como o mundo muda, e agora muda depressa, ele não tinha ganas de seguir atrás, e assim se tornava melancólico e já não tinha vontade de nada. Um dia não veio almoçar, e minha mãe o encontrou morto na oficina: com o martelo na mão, como ele sempre disse."

O vinho e a água

Não pensei que fosse encontrar no baixo Volga, em fins de setembro, um calor como aquele. Era domingo, e o alojamento estava inabitável: a "Administracija" havia instalado em todos os quartos ventiladores patéticos, barulhentos e ineficazes, e a circulação do ar ficava por conta de uma única janelinha de canto, do tamanho de uma página de jornal. Propus a Faussone ir para o rio, descê-lo a pé até a estação fluvial e tomar a primeira embarcação que aparecesse; ele aceitou, e partimos.

No canal o ar estava quase fresco, e a impressão de refrigério era reforçada pela insólita transparência da água e pelo perfume palustre e musgoso que emanava. Sobre a superfície do rio soprava uma brisa leve, que encrespava a água em ondas miúdas, mas a intervalos a direção do vento se invertia, e então vinham da terra lufadas tórridas, cheirando a argila calcinada; simultaneamente, sob o pelo da água que voltava à calma se distinguiam os vultos confusos de casas rústicas submersas. Não eram eventos muito antigos, explicou-me Faussone, não foi uma punição divina, nem aquela tinha sido uma vila de pecadores. Era apenas o efeito do dique gigantesco que se entrevia para além da curva do rio, construído sete anos antes, no topo do qual se formara um lago, ou melhor, um mar de quinhentos quilômetros de extensão. Faussone estava orgulhoso como se o dique tivesse sido construído por ele, quando na verdade havia apenas montado um guindaste. E esse guindaste também estava no centro de uma história: prometeu-me que um dia ou outro me contaria.

Chegamos à estação fluvial por volta das nove. Consistia de dois corpos, um de alvenaria construído na orla do rio e outro feito de toras de madeira, praticamente uma balsa coberta, boiando sobre a água; entre os dois corria uma passarela, também de madeira, articulada às duas extremidades. Não se via ninguém. Paramos para consultar a tabela de horários, escrita numa bela grafia, mas cheia de emendas e correções, que estava colada na porta da sala de espera, e pouco depois vimos chegar uma velhinha. Vinha em nossa direção com breves passos tranquilos, sem nos olhar, porque estava concentrada a trabalhar as agulhas com as quais fazia uma malha de duas cores; passou por nós, puxou de um canto uma cadeirinha dobrável, abriu-a perto da tabela de horários, sentou-se espalmando sob si as dobras da saia e continuou a trançar as agulhas por alguns minutos. Depois nos olhou, sorriu e nos disse que era inútil estudar aquela tabela, porque já não valia.

Faussone perguntou-lhe desde quando, e ela respondeu vagamente: há uns três dias ou talvez até uma semana, e o novo horário ainda não tinha sido definido, mas os barcos continuavam circulando. Aonde queríamos ir? Sem jeito, Faussone respondeu que tanto fazia, pegaríamos um barco qualquer, contanto que voltasse de noite: queríamos apenas pegar um pouco de ar fresco e dar um giro no rio. A velhinha anuiu com gravidade e depois nos forneceu a preciosa informação de que um barco chegaria dali a pouco e partiria logo em seguida para Dubrovka. Muito longe? Não tanto, uma hora de viagem ou talvez duas: mas, para nós, que diferença fazia, nos perguntou com outro luminoso sorriso. Por acaso não estávamos em férias? Bem, Dubrovka era justamente o lugar adequado para nós, tinha bosques, prados, era possível comprar manteiga, queijo e ovos, e até uma sobrinha dela morava lá. Queríamos bilhetes de primeira ou de segunda classe? A bilheteira era ela.

Conversamos rapidamente e optamos pela primeira; a velhinha pousou sua costura e desapareceu por uma portinha, reaparecendo por trás de um pequeno balcão; remexeu as gavetas e nos deu os dois bilhetes, que mesmo sendo de primeira classe custavam muito pouco. Atravessando a passarela desconjuntada, nos dirigimos àquela espécie de balsa e ficamos à espera. A balsa também estava deserta, mas logo depois chegou um jovem alto e magro, que se sentou num banco não distante de nós. Estava vestido com simplicidade, um paletó puído e remendado nos cotovelos, uma camisa aberta no peito; não tinha bagagem (como nós, aliás), fumava um cigarro atrás do outro e observava Faussone com curiosidade. "Bem! Deve ter percebido que somos estrangeiros", disse Faussone; mas depois do terceiro cigarro o jovem se aproximou, nos cumprimentou e dirigiu-lhe a palavra, naturalmente em russo. Após um breve colóquio, o vi apoderar-se da mão de Faussone e apertá-la com efusão, aliás, girando-a energicamente em círculos como se fosse a manivela dos velhos automóveis que não tinham motor de arranque. "Garanto que eu não o teria reconhecido", disse me Faussone, "é um dos operários que me ajudaram a montar o guindaste do dique, seis anos atrás. Mas agora, pensando bem, de fato me lembro dele, porque fazia um frio de rachar as pedras, e ele não estava nem aí; trabalhava sem luvas e se vestia exatamente como agora."

O russo parecia muito feliz, como se tivesse reencontrado um irmão; já Faussone continuava reservado como sempre, ouvindo a fala prolixa do outro como se escutasse o boletim do tempo no rádio. Falava animadamente, e eu o acompanhava com dificuldade, mas percebi que, enquanto falava, recorria com frequência à palavra "ràsnitsa", que é uma das poucas que conheço e que significa "diferença". "É o nome dele", me explicou Faussone. "Ele se chama exatamente assim, 'Diferença', e está me explicando que em todo o baixo Volga só existe ele com esse nome. Deve ser uma figura e tanto." Depois de ter vasculhado em todos os bolsos, Diferença sacou uma carteirinha gordurosa e amassada e a mostrou a mim e a Faussone, indicando que a foto era mesmo dele, assim como o nome, Nikolai M. Ràsnitsa. Logo depois declarou que nós éramos seus amigos, ou melhor, seus convidados: de fato, por uma feliz coincidência, aquele dia era justamente seu aniversário, e ele se preparava para festejá-lo com um passeio no rio. Perfeito, iríamos todos juntos a Dubrovka; ele estava esperando o barco, e nele estavam vindo dois ou três conterrâneos, todos para festejar. Para mim, a perspectiva de um encontro russo menos formal do que os que aconteciam no trabalho era bem interessante, mas notei um véu de desconfiança no rosto de Faussone, habitualmente tão inexpressivo; e logo em seguida, com o canto da boca, me soprou: "A coisa vai mal".

O barco chegou, vindo das bandas do dique, e nós pegamos o bilhete das passagens; Diferença, contrariado, nos disse que tínhamos feito muito mal de comprar os bilhetes, ainda mais porque eram de primeira classe e de ida e volta: não éramos seus hóspedes? A viagem era por conta dele, que era amigo do piloto e de toda a tripulação, e naquela linha ele nunca pagava a passagem, nem ele nem seus convidados. Embarcamos, e o barco também estava deserto, com exceção dos dois colegas de Diferença, que estavam sentados num dos banquinhos da ponte. Eram dois homenzarrões com cara de delinquentes, nunca tinha visto nada parecido, nem na Rússia nem em outros lugares, salvo em algum western espaguete: um era obeso e vestia uma calça segura por um cinto bem apertado sob a pança; o outro era mais magro, tinha a cara esburacada pela varíola e fechava as mandíbulas com os incisivos inferiores à frente dos superiores; essa peculiaridade lhe dava um aspecto de mastim que contrastava com os olhos, também eles vagamente caninos, mas de uma coloração suave de amêndoa. Os dois fediam a suor e estavam bêbados.

O barco partiu. Diferença explicou aos amigos quem éramos, e eles disseram que estava tudo bem, quanto mais gente, mais alegria. Obrigaram-me a ocupar um lugar no meio dos dois, e Faussone se sentou ao lado de Diferença, no banco em frente. O obeso segurava um pacote embrulhado em papel-jornal, cuidadosamente amarrado por barbante; desatou-o, e dentro havia vários pãezinhos camponeses recheados de toucinho. Ofereceu a todos e depois desceu não sei por onde, reaparecendo com um balde de lata, evidentemente um recipiente de verniz reaproveitado; tirou de um bolso uma caneca de alumínio, a encheu com o líquido que estava na lata e me convidou a beber. Era um vinho adocicado e muito forte, semelhante ao marsala, mas mais áspero e meio picante: para meu gosto, era decididamente ruim, e também notei que Faussone, que é um conhecedor de vinhos, não estava nada entusiasmado. Mas os dois eram indomáveis: no pequeno balde havia pelo menos três litros daquela mistura, e eles declararam que precisavam esvaziar a lata durante a viagem de ida, senão, que aniversário era aquele? Além disso, "niè strazno", nada de susto, em Dubrovka arranjaríamos mais, e ainda melhor.

Em meu russo precário, tentei me defender: que o vinho era bom, mas para mim, que não tenho hábito, já era suficiente, e de resto eu estava gravemente doente, no fígado, na barriga, mas tão teve jeito: os dois, acompanhados por Diferença, esbanjaram uma camaradagem compulsiva, que beirava a ameaça, e assim eu tive que beber e beber. Faussone também bebia, mas estava em menor perigo do que eu, porque resiste bem ao vinho e porque, falando melhor o russo, podia forjar argumentos mais articulados ou desviar a conversa. Não demonstrava nenhum sinal de incômodo; falava e bebia, e de vez em quando minha vista cada vez mais enevoada encontrava seu olhar clínico, mas, talvez por distração ou por um deliberado ato de superioridade, durante todo o percurso não esboçou nenhuma tentativa de vir em meu socorro.

A mim o vinho nunca fez bem. Mas especialmente aquele vinho me afundou num desagradável estado de humilhação e de impotência: não tinha perdido a lucidez, mas aos poucos sentia enfraquecer-se a possibilidade de sustentar-me com as próprias pernas, de modo que antevia o momento em que tivesse de me levantar do banco; percebia a língua cada vez mais pesada; sobretudo meu campo visual se restringira irritantemente, e assistia ao solene descortinar-se das duas margens do rio como através de um diafragma, ou melhor, como se tivesse diante dos olhos um daqueles minúsculos binóculos que se usavam nos teatros do século passado.

Por todos esse elementos combinados, não conservei uma memória precisa do trajeto. Em Dubrovka as coisas andaram um pouco melhor; o vinho terminara, soprava um bom vento fresco cheirando a feno e a estábulo, e depois dos primeiros passos vacilantes me senti mais firme. Parecia que ali todos eram parentes: ficamos sabendo que a sobrinha da bilheteira era irmã do camarada esburacado, estava na hora do almoço, e ela quis a todo custo que também fôssemos almoçar com eles. Morava com o marido perto do rio, numa casinha minúscula de madeira, pintada de azul-celeste, com as molduras das portas e das janelas trabalhadas em entalho. Na frente havia uma pequena horta com repolhos verdes, amarelos e roxos, e o conjunto fazia pensar numa morada de fadas.

O interior estava escrupulosamente asseado. As janelas, inclusive as portas divisórias, eram guarnecidas de cortinas rendadas, do teto ao chão, mas o teto não passava de dois metros. Numa parede estavam penduradas, lado a lado, imagens de dois ícones e (no mesmo formato) a foto de um jovem em uniforme militar, com o peito constelado de medalhas. A mesa estava coberta por um pano encerado, com uma sopeira fumegante em cima, um grande pão de crosta escura e rugosa, quatro pratos e quatro ovos cozidos. A sobrinha era uma camponesa robusta, de uns quarenta anos, com mãos rudes e olhar gentil: trazia os cabelos castanhos cobertos por um lenço branco atado sob a garganta. Ao lado dela estava sentado o marido, um senhor de idade, de cabelos curtos e grisalhos grudados no crânio pelo suor do dia abafado; tinha o rosto descarnado e bronzeado, mas a fronte estava pálida. Diante dele estavam sentados dois meninos louros, aparentemente gêmeos, que pareciam impacientes por começar o almoço, mas esperavam que os pais dessem a primeira colherada; rapidamente arranjaram mais quatro pratos para nós, de modo que ficamos um pouco apertados.

Eu estava sem apetite, mas, para não parecer mal-educado, provei um pouco de sopa; a dona da casa me reprovou com severidade materna, como se faria com uma criança mimada: queria saber por que eu "comia mal". Num rápido aparte, Faussone me explicou que, em russo, comer mal é o mesmo que comer pouco, do mesmo modo que entre nós se diz comer bem em vez de comer muito. Defendi-me como pude, com gestos, caretas e palavras cortadas, e a senhora, mais discreta que nossos companheiros de viagem, não insistiu.

O barco retornou por volta das quatro. Além do nosso grupo, a bordo havia só um passageiro, saído sabe-se lá de onde, um homenzinho seco e maltrapilho, de barba curta e rala, malcuidada, e uma idade indefinível; tinha olhos límpidos e insensatos e uma só orelha: a outra se reduzira a um feio furo carnoso, de onde partia uma cicatriz reta, até o queixo. Era também amigo fraterno de Diferença e dos outros dois e se mostrou de uma rara hospitalidade conosco, italianos: insistiu em nos fazer visitar todo o barco, da proa à popa, sem deixar passar a sentina, de um sufocante fedor de mofo, nem as latrinas, que prefiro não descrever. Parecia tolamente orgulhoso de cada detalhe, e deduzimos que era um marinheiro aposentado ou quem sabe um ex-operário do estaleiro; mas falava com um sotaque tão inusitado, com uma tal preponderância de *o* em vez de *a*, que até Faussone desistiu de fazer-lhe perguntas, já que de qualquer modo não entenderia as respostas. Os amigos o chamavam de "Grafinia", "Condessa", e Diferença explicou a Faussone que era realmente um conde e que, durante a revolução, havia fugido para a Pérsia e trocara de nome, mas a história não nos pareceu clara nem convincente.

Tinha começado a fazer calor, e a margem esquerda do rio, ao longo da qual o barco navegava, estava lotada de banhistas: na maior parte se tratava de famílias inteiras, que comiam, bebiam, chapinhavam na água ou tostavam ao sol sobre cobertas estendidas na orla arenosa. Alguns, homens e mulheres, trajavam roupas de banhos pudicas, que desciam do pescoço até os joelhos; outros estavam nus e circulavam entre a multidão com naturalidade. O sol ainda estava alto; a bordo não havia nada para beber, nem água, e até o triste vinho de nossos amigos havia terminado. O conde desaparecera, e os outros três roncavam, deitados de qualquer jeito sobre os bancos. Eu estava com sede e calor; propus a Faussone que, quando chegássemos, também fôssemos dar um mergulho e nadar numa praia afastada. Faussone ficou calado por um instante e depois me respondeu de mau humor:

"Sabe muito bem que não sei nadar. Já lhe disse isso naquela vez em que contei o caso do *derrick* no Alasca. E que a água me mete medo. E não espere que eu comece a aprender aqui, nessa água que talvez seja limpa, mas cheia de pequenas correntezas, sem nem sequer um salva-vidas, e além disso não sou mais tão jovem.

"O fato é que ninguém me ensinou quando eu era pequeno, porque nas nossas bandas não há água para nadar; e na única vez em que tive uma oportunidade, a coisa acabou mal. Eu estava aprendendo, por conta própria, tinha tempo e boa vontade, mas acabou mal. Foi muitos anos atrás, na Calábria, quando estavam construindo a autoestrada, e me mandaram para lá com um operador de guindastes: eu, para montar uma plataforma de deslocamento, e ele, para aprender a manobrá-la. Não sabe o que é uma plataforma de deslocamento? Nem eu sabia na época: é uma maneira inteligente de fazer pontes de concreto armado, que parecem tão simples quando se vê, com os pilares em seção retangular e as vigas apoiadas em cima. São simples no desenho, mas colocá-las de pé não é tão simples, como aliás todas as coisas que suportam peso no alto, como campanários etc.; é claro que fazer as pirâmides do Egito é outra coisa. De resto, na região de meu pai tinha justamente um ditado que dizia: 'As pontes e os campanários, deixe que façam os vizinhos', que em dialeto dá rima.

"Enfim, imagine um vale um tanto estreito, uma estrada que deve atravessá-lo em altitude e os pilares já feitos, digamos, a uns cinquenta metros um do outro. Sabe, os centrais podem chegar a sessenta ou setenta metros de altura, e não é só colocar as vigas em cima com uma grua, fora o fato de que nem sempre o terreno que está embaixo é praticável; e naquele lugar que lhe dizia, justamente na Calábria, o terreno não era nada fácil, porque era a foz de uma daquelas corredeiras em que só passa água quando chove, ou seja, quase nunca, mas quando passa leva embora tudo. Um leito de pedra e de areia, nem pensar em pôr um guindaste ali; o pilar do meio já estava alguns metros dentro do mar. Também é preciso pensar que uma viga daquelas não é como um palito de dente, é um mastodonte comprido como a largura da avenida Stupinigi, que pesa cem ou até cento e cinquenta toneladas; e não é que eu desconfie dos guindastes, porque no fundo esse é meu trabalho, mas ainda está para ser inventado um que levante cem toneladas a setenta metros de altura. Assim inventaram o pilar submerso.

"Agora não tenho um lápis aqui comigo, mas o senhor deve imaginar um longo trilho, tão longo que só se poderia montá-lo numa área aberta, e essa era justamente a tarefa que me cabia; só para especificar, tão longo que devia estar sempre apoiado em pelo menos três pilares. No nosso caso, levando em conta o vão entre os pilares, dá pouco menos de cento e cinquenta metros. Pronto, isso é uma plataforma de deslocamento, e a chamam assim porque serve para deslocar as vigas: dentro da plataforma correm dois trilhos, em todo o comprimento; sobre os trilhos correm dois carrinhos menores, e cada qual leva um sarilho. A viga está no solo, em algum lugar sob o percurso da plataforma: os dois sarilhos içam a viga até dentro da plataforma e depois a plataforma avança, se desloca bem devagar, como uma larva, e viaja sobre umas roldanas que são colocadas na cabeça dos pilares; viaja com a viga dentro, o que faz pensar numa fera grávida, viaja de pilar a pilar até chegar ao lugar exato, e ali os sarilhos giram ao contrário e a plataforma para a viga, quero dizer, faz com que ela desça precisamente até seu encaixe. Eu vi tudo isso, e foi um belo trabalho, desses que dão satisfação, porque a gente vê as máquinas trabalhando macio, sem forçar e sem fazer barulho; de resto, não sei por que, mas ver coisas enormes que caminham lentamente e sem ruído, como um navio quando parte, sempre me causou impressão — e não só a mim, outros também me contaram o mesmo. Quando finalmente a ponte está feita, se desmonta a plataforma, leva-se tudo embora com os caminhões e depois se usa uma outra vez.

"Isso que lhe contei seria o ideal, ou seja, como o trabalho deveria ser feito, mas daquela vez tudo já começou mal. Não vou encompridar o assunto, mas a cada momento tinha um problema, a começar pelas traves que eu devia montar, isto é, os segmentos da estrutura que lhe descrevi, que não estavam na medida e tivemos de refazer um por um. É claro que eu protestei, aliás, bati o pé: só faltava agora pagar pelos erros dos outros, um montador não pode ficar ali, perdendo tempo com serra e lima. Fui ao responsável pelas obras e pus os pingos nos is: todas as peças em ordem, bem empilhadas, senão nada de Faussone, que fossem buscar um outro pela Calábria; porque neste mundo, se a gente abaixa a cabeça, já era."

Eu continuava sentindo a tentação da água, renovada a cada instante pelo marulho das pequenas ondas contra a quilha e pelos gritos felizes dos meninos russos, louros, sólidos, radiosos, que se perseguiam a nado e mergulhavam que nem lontras. Não tinha entendido bem a correlação entre a plataforma de deslocamento e sua recusa da água e do nado, e lhe pedi com cuidado uma explicação. Faussone ficou irritado:

"O senhor nunca me deixa contar do meu jeito", e se fechou num silêncio enfezado. A acusação me pareceu (e me parece ainda hoje) completamente descabida, porque sempre deixei que ele falasse do jeito dele e por quanto tempo quisesse — além disso, o leitor é testemunha —, mas me calei por amor à paz. Nosso duplo silêncio foi interrompido dramaticamente.

No banco ao lado o senhor Diferença acordou, espreguiçou-se, olhou ao redor sorrindo e começou a despir-se. Quando estava de cueca, acordou o amigo obeso e lhe deu a trouxinha de roupas, despediu-se de nós civilizadamente, passou por cima da balaustrada e se jogou no rio. Com poucas e enérgicas braçadas afastou-se do repuxo da hélice e depois, nadando com toda a calma, dirigiu-se a um grupinho de casas brancas de onde partia um píer de madeira. O obeso voltou logo a dormir, e Faussone recomeçou a história.

"Pronto, está vendo? Bem, isso me dá raiva, porque eu não conseguiria, nunca poderia fazer uma coisa dessas; porque a plataforma tem a ver, sim, com o nado — é só ter paciência que agora a relação aparece. O senhor deve saber que gosto de estar num canteiro de obras, basta que tudo funcione como se deve, mas aquele chefe me dava nos nervos porque era um desses que não estão nem aí, basta que receba o pagamento no fim do mês, mas não percebe que, se o sujeito exagera no não estou nem aí, talvez o pagamento não chegue no fim do mês, nem para ele nem para os outros. Era um baixote de mãos moles e cabelos penteados com brilhantina e um risco no meio: louro, que nem parecia um calabrês, parecia mais um pequeno galo, de tão arrogante que era. E, como ele me respondeu, eu lhe disse que estava tudo bem, se não houvesse colaboração, para mim estava perfeito do mesmo jeito, o tempo estava bonito, tinha sol, o mar estava ali, a dois passos, eu nunca tinha passado férias no mar; pois bem, ficaria em férias até que ele ajustasse todos os segmentos da minha plataforma, do primeiro ao último. Passei um telegrama à empresa e, como a coisa era também conveniente para eles, me responderam logo que sim — e me parece que fui correto, não acha?

"Passei as férias sem nem me mover do lugar, só por birra, mas também porque queria ficar de olho nas obras; de resto, nem precisava: aluguei um quarto numa casinha que ficava a menos de cem metros dos pilares de concreto. Nela morava uma família de gente muito boa, aliás, pensei justamente neles agora há pouco, em Dubrovka, enquanto almoçávamos, porque gente boa se parece em tudo quanto é canto, e depois todo mundo sabe que entre russos e calabreses não há tanta diferença. Eram bons, limpos, respeitosos e bem-humorados; o marido tinha um trabalho estranho, ou seja, reparava os furos nas redes de pesca, a mulher mantinha a casa e a horta, e o menino não fazia nada, mas era simpático mesmo assim. Eu também não fazia nada; de noite, dormia feito um papa, num silêncio em que só se ouviam as ondas do mar, e de dia tomava sol como um turista, e meti na cabeça que aquela era a melhor ocasião para aprender a nadar.

"Como lhe dizia, ali não me faltava nada. Tinha tempo para dar e vender, ninguém que ficasse me olhando ou que me atrapalhasse ou zombasse de mim por estar aprendendo a nadar com quase trinta anos, o mar era calmo, havia uma bela prainha para descansar e no fundo do mar não havia pedras, somente uma areia fina e branca, lisa como a seda, com um suave declive, de modo que se podia avançar quase cem metros e ainda dava pé, a água não passava dos ombros. Apesar disso, lhe confesso que estava cheio de medo; não medo na cabeça, não sei se me explico, mas medo na barriga e nos joelhos, enfim, um medo de bicho, mas eu também sou cabeça-dura, o senhor já percebeu, e então elaborei um programa. Primeira coisa, devia fazer o medo da água ir embora; depois, devia me convencer de que estava flutuando — todos flutuam, até as crianças, até os bichos, por que eu não poderia flutuar? Finalmente, depois precisava aprender como avançar. Não me faltava nada, nem mesmo a programação, e no entanto eu não estava em paz como deveria estar quem está em férias; sentia por dentro como se algo me arranhasse, era tudo meio misturado, a irritação pelo trabalho que não ia avante, a raiva por aquele chefe insuportável e ainda um outro medo, que seria o de quem mete na cabeça que vai fazer alguma coisa e depois não é capaz e então perde a confiança em si mesmo, portanto seria melhor que nem tentasse, mas, como é cabeça-dura, tenta de qualquer jeito. Hoje mudei um pouco, mas na época eu era assim.

"Vencer o medo da água foi o trabalho mais terrível, aliás, devo dizer que não venci foi nada, apenas me habituei. Precisei de dois dias: ficava em pé, com a água até o peito, respirava fundo, tapava o nariz com os dedos e depois metia a cabeça debaixo d'água. Nas primeiras vezes foi uma morte, falo sério, parecia que eu ia morrer; não sei se todos têm isso, mas eu tinha como um mecanismo automático: assim que afundava a cabeça, tudo se fechava aqui na garganta, sentia como se a água entrasse dentro dos ouvidos e escorresse pelos dois canaizinhos até dentro do nariz e daí descesse para a garganta até os pulmões, numa sensação de afogamento. Assim eu era obrigado a me levantar, e quase me vinha vontade de agradecer ao Pai Eterno por ter separado a água da terra, como está escrito na Bíblia. Não era nem medo, era horror, como quando se vê um morto de repente e todos os pelos se arrepiam; mas não vamos antecipar, o fato é que me habituei.

"Depois vi que flutuar era uma coisa em duas partes. Tinha visto várias vezes como os outros fazem quando fingem que estão mortos: também tentei e flutuei sem problemas, só que, para boiar, eu devia manter o peito estufado de ar, como aqueles pontões do Alasca que lhe contei; mas não se pode ficar sempre com os pulmões cheios, chega uma hora em que é preciso esvaziá-los, e então eu me sentia afundar como os pontões quando chegava o momento de rebocá-los e era obrigado a dar chutes na água o mais rápido que podia, sempre prendendo a respiração, até que sentia a terra debaixo dos pés; aí ficava reto, respirando forte que nem um cão, e me dava vontade de desistir ali mesmo. Mas sabe o que acontece quando alguém topa com uma dificuldade e então parece que fez uma aposta e não quer perder: comigo era assim, como também acontece no trabalho, posso até abandonar um trabalho fácil, mas não um difícil. Todo o problema decorre do fato de que temos os canais de ar no lado errado: os cães, e ainda mais as focas, que os têm do lado certo, nadam desde pequenos sem fazer escândalo e sem que ninguém lhes ensine. E assim resolvi, naquela primeira vez, aprender a nadar de costas: me contentaria com isso, embora não me parecesse muito natural, mas, quando se está de costas na água, o nariz fica para fora, e então, teoricamente, se respira. A princípio eu respirava curto, de modo a não esvaziar demais os pulmões, depois aumentei o ritmo aos poucos até que me convenci de que era possível respirar sem afundar, ou pelo menos sem afundar o nariz, que é o mais importante. Mas bastava uma ondinha de nada para que o medo voltasse e eu perdesse a bússola.

"Fazia todas as minhas experiências e, quando me sentia cansado ou sem fôlego, ia para a orla e me espichava sob o sol, perto do pilar da autoestrada; até enterrei ali um espeto para pendurar minhas roupas, porque senão se enchiam de formigas. Já lhe disse, eram pilares de uns cinquenta metros de altura ou até mais: eram de cimento aparente, ainda com a marca das fôrmas. A um ou dois metros do chão havia uma mancha, e nas primeiras vezes nem prestei atenção; uma noite choveu, e a mancha ficou mais escura, mas mesmo naquela vez não me preocupei. É verdade que era uma mancha estranha: havia só ela, o resto do pilar estava limpo, e os outros pilares, também. Tinha um metro de comprimento e quase se dividia em duas partes, uma longa e uma curta, como um ponto de exclamação, só que um pouco enviesado."

Calou-se por um bom tempo, esfregando as mãos como se as lavasse. Ouvia-se perfeitamente a batida do motor, e já se avistava à distância a estação fluvial.

"Ouça, não gosto de dizer lorotas. Exagerar um pouco, sim, especialmente quando falo do meu trabalho, e acho que isso não é pecado, porque quem está escutando percebe logo. Bem, um dia notei que, atravessando a mancha, havia uma fresta, e uma procissão de formigas que entrava e saía dali. Fiquei curioso com aquilo, bati com uma pedra e percebi que o som era cavo. Bati mais forte, e o cimento, que tinha apenas um dedo de espessura, afundou; e dentro havia uma cabeça de morto.

"Tive a sensação de receber um tiro nos olhos, tanto que perdi o equilíbrio, mas estava bem ali e me olhava. Logo depois me veio uma doença estranha, saíam-me umas crostas aqui, na cintura, que me corroíam, caíam e depois apareciam mais outras: mas fiquei quase contente porque agora tinha a desculpa de largar tudo ali e voltar para casa. E assim não aprendi a nadar, nem lá nem depois, porque todas as vezes que entrava na água, fosse mar, rio ou lago, sempre me vinham maus pensamentos."

A ponte

"... no entanto, quando me propuseram ir à Índia, não tive tanto entusiasmo. Não que eu soubesse muita coisa da Índia: o senhor sabe como é fácil fazer ideias erradas sobre os países, e, como o mundo é grande e é todo feito de países, e na prática é impossível girá-lo todo, termina que o sujeito se enche de ideias estúpidas sobre todos os países, às vezes até sobre o próprio. Tudo o que eu sabia da Índia, posso lhe dizer em poucas palavras: que fazem muitos filhos, que morrem de fome porque têm a religião de não comer carne de vaca, que mataram Gandhi porque era um grande homem, que é maior do que a Europa e falam não sei quantas línguas, e então, na falta de coisa melhor, decidiram falar inglês; e depois aquela história de Mogli das selvas, que quando eu era pequeno achava que fosse verdadeira. Ah, me esquecia do *Kama Sutra* e das cento e trinta e sete maneiras de fazer amor, ou talvez sejam duzentas e trinta e sete, já não lembro mais, li isso numa revista enquanto esperava que me cortassem o cabelo.

"Enfim, quase quase teria preferido ficar em Turim: naquele período eu estava na via Lagrange, com aquelas minhas duas tias; às vezes, em vez de ir para a pensão, vou para a casa delas porque me tratam bem, cozinham especialmente para mim, de manhã se levantam com muito silêncio para que eu não acorde e vão à primeira missa e depois me compram pãezinhos ainda quentes do forno. O único defeito delas é que queriam que eu me casasse, e até aí, nada de mau; mas pegam pesado e me fazem encontrar umas garotas que não fazem muito meu tipo. Nunca entendi onde as encontram: talvez em colégios de freiras, já que todas se assemelham, parecem de cera, você fala e elas nem ousam erguer os olhos: me causam um constrangimento terrível, não sei por onde começar e, no final, fico tão embaraçado quanto elas. Por isso acontece que, noutras vezes, quando chego a Turim, nem aviso às minhas tias que estou na cidade e vou direto para a pensão — inclusive para não incomodá-las.

"Então lhe dizia que era um período em que eu andava meio cansado de viajar e, apesar dessa insistência das tias, teria ficado lá de bom grado; mas a empresa fez de tudo para me convencer, eles conhecem meu lado fraco e sabem como me levar, disseram que era um trabalho importante, que se eu não fosse eles nem saberiam o que fazer: insiste hoje, insiste amanhã, me ligavam todos os dias, e eu já lhe disse que não aguento o mínimo e que só fico bem na cidade por pouco tempo; o fato é que no final de fevereiro comecei a pensar que era melhor bater os sapatos do que os lençóis, e em 1º de março já estava em Fiumicino embarcando num Boeing todo amarelo das linhas aéreas paquistanesas.

"Foi uma viagem cômica: quase diria que o único viajante sério era eu. Uma metade era de turistas alemães e italianos, todos inebriados desde a partida com a ideia de que iam ver a dança indiana, porque pensavam que fosse a dança do ventre, mas eu depois vi a tal dança e é uma coisa toda pudica, que se dança apenas com os olhos e com os dedos; já a outra metade era de operários paquistaneses que voltavam da Alemanha para casa, com as mulheres e os filhos pequenos, e estes também estavam alegres, justamente porque voltavam para casa em férias. Havia também operárias, aliás, bem na poltrona ao lado da minha estava uma garota com um sári violeta, o sári é aquele vestido que elas usam, sem mangas, sem a parte da frente e sem a parte de trás, uma garota que era uma beleza. Não sei como dizer, parecia transparente e com um clarim por dentro, e tinha uns olhos que falavam; pena que só falava com os olhos, quero dizer, só sabia indiano e um pouco de alemão, mas eu nunca quis aprender alemão, senão teria puxado conversa com todo o prazer, e com certeza seria um bate-papo muito mais vivo do que aqueles com as garotas de minhas tias, que de resto, sem querer ofender, eram todas tão retas que pareciam tábuas de passar. Bem, vamos adiante: mesmo porque, não sei se também acontece com o senhor, mas, para mim, quanto mais as mulheres são estrangeiras, mais me agradam, porque há a curiosidade.

"Mas os mais alegres de todos eram os meninos. Faziam um verdadeiro circo ali dentro e não tinham onde sentar, acho que aquelas companhias nem cobram as passagens deles. Estavam descalços e conversavam entre si como um bando de passarinhos, brincavam de esconde-esconde debaixo das poltronas, e assim, de vez em quando, aparecia algum entre nossas pernas, dava um sorrisinho e ia embora correndo. Quando o avião estava sobre o Cáucaso entramos numa zona de vácuo, e entre os passageiros adultos uns morriam de medo, outros passavam mal. Já eles aproveitaram para inventar uma brincadeira nova: assim que o avião virava um pouco para a esquerda e pendia nessa direção, eles davam um grito todos juntos e se jogavam para a esquerda e ficavam grudados nas janelinhas; e depois a mesma coisa à direita, tanto que o piloto percebeu que o aparelho rateava e de início não entendeu o porquê e achou que fosse algum defeito;

depois compreendeu que eram eles, chamou a comissária de bordo e os fez ficar quietos. Foi a comissária que me contou, porque a viagem era longa e ficamos amigos: ela também era bonita e tinha uma pequena pérola enfiada numa das narinas. Quando trouxe a bandeja com a comida, só havia uns cremes amarelos e brancos, mas paciência, comi tudo do mesmo jeito, porque ela me olhava e eu não queria bancar o difícil.

"Sabe como acontece quando se está prestes a aterrissar, na hora em que os motores diminuem um pouco e o avião se inclina para a frente e parece um enorme pássaro cansado, depois desce cada vez mais, se veem as luzes da pista e depois, quando saem as aletas e os spoilers se erguem, ele vibra todo e parece que o ar se encrespa: foi assim também naquela vez, mas foi uma aterrissagem terrível. Provavelmente a torre não dava permissão, porque começamos a girar em círculos; e, ou porque havia turbulência, ou porque o piloto não era tão bom, ou porque havia de fato algum defeito, o avião tremia como se voasse entre os dentes de uma serra, e da janelinha eu via as asas batendo como as asas de um pássaro, como se estivessem desarticuladas; e a coisa prosseguiu assim por uns vinte minutos. Não que eu estivesse preocupado, porque sei que às vezes acontece: mas aquilo me voltou à memória mais tarde, quando na ponte aconteceu aquela coisa estranha. Por fim, conseguimos aterrissar como Deus quis, os motores abrandaram e os comissários abriram as portas; pois bem, quando as portas se abriram, parecia que em vez de ar havia entrado uma onda de água morna, com um cheiro peculiar, que afinal é o cheiro que se sente em toda a Índia: um odor espesso, uma mistura de incenso, canela, suor e podridão. Eu não tinha muito tempo a perder, então peguei minha mala e fui depressa rumo ao pequeno Dakota que me levaria ao canteiro de obras, e sorte que já estava quase escuro, porque dava medo só de vê-lo; quando finalmente decolou dava mais medo ainda, mesmo sem vê-lo, mas naquela altura já não havia nada a fazer e, além disso, era uma viagem curta. Parecia os carros dos filmes de Ridolini: mas notei que os outros estavam tranquilos, e assim também me tranquilizei.

"Estava tranquilo e contente porque já estava chegando, mas também porque se tratava de começar um trabalho que me entusiasmava. Ainda não lhe disse, era um grande trabalho, era preciso montar uma ponte suspensa, e eu sempre pensei que as pontes são o mais belo trabalho que existe: porque temos a certeza de que não causarão mal a ninguém, ao contrário, farão o bem, porque sobre as pontes passam as estradas e sem as estradas ainda estaríamos como os selvagens; enfim, porque as pontes são como o inverso das fronteiras, e é nas fronteiras que nascem as guerras. Bem, eu pensava isso das pontes, e no fundo ainda penso assim até hoje; mas, depois que montei aquela ponte na Índia, também penso que gostaria de estudar; que, se tivesse estudado, provavelmente seria um engenheiro; mas, se eu fosse um engenheiro, a última coisa que eu faria seria projetar uma ponte, e a última ponte que eu projetaria seria uma ponte suspensa."

Dei a entender a Faussone que sua fala me parecia um tanto contraditória, e ele me confirmou que era mesmo; mas que, antes de julgar, eu esperasse o fim da história; que muitas vezes ocorre que uma coisa seja boa no geral e ruim no particular; e que naquela vez foi exatamente assim.

"O Dakota aterrissou de um modo como eu nunca vi, e olha que já voei bastante. Quando avistou o campo de pouso, o piloto deu um rasante, mas, ao invés de diminuir o motor, deu todo o gás, fazendo um barulho dos diabos; cruzou toda a pista a dois ou três metros de altura, empenou justamente sobre os galpões, deu um giro a baixa altitude e depois aterrissou com três ou quatro pulinhos, como quando se atira na água uma pedra chata. Explicaram-me que era para espantar os urubus, e de fato eu os vira na luz dos refletores enquanto o avião descia, mas não tinha entendido o que eram, pareciam umas velhas agachadas: mas depois não me assustei mais, porque na Índia uma coisa sempre parece outra. Seja como for, não é que eles se espantaram tanto: apenas se afastaram um pouco, bamboleando com as asas meio abertas, sem nem alçar voo, e assim que o avião parou eles se puseram todos ao redor, como se esperassem alguma coisa, só que de vez em quando um aplicava uma bicada bem rápida no vizinho. São uns bichos grandes e feios.

"Mas não adianta lhe contar sobre a Índia, não acabaria nunca, e talvez o senhor já tenha estado lá... não? De qualquer modo, são coisas que se leem nos livros; mas nos livros não se diz como se puxam os cabos de uma ponte suspensa, ou pelo menos não reproduzem a impressão que se tem. E assim chegamos ao aeroporto do canteiro, que no fim das contas era apenas um descampado de terra batida, e nos levaram para dormir nas barracas. Não se estava tão mal, o problema era o calor; mas também é melhor não insistir com o calor, faça de conta que fazia calor sempre, de dia e de noite, e que naquelas bandas se sua tanto que o sujeito, me desculpe, nem precisa ir ao banheiro. Resumindo, em toda essa história faz um calor infernal, e não vou ficar repetindo isso, senão se perde muito tempo.

"Na manhã seguinte me apresentei ao diretor dos trabalhos, um engenheiro indiano; falamos inglês e nos entendemos perfeitamente, porque, na minha opinião, os indianos falam inglês melhor que os ingleses, ou pelo menos mais claro; já os ingleses são difíceis de entender, falam depressa e tudo mastigado, e se você não entende eles se espantam e não fazem nenhum esforço. Então ele me explicou o trabalho e logo em seguida me passou um pequeno véu para que eu o colocasse debaixo do capacete, porque naquelas bandas há muita malária, e de fato as janelas das barracas eram protegidas por mosquiteiros. Percebi que os operários indianos não usavam o véu e perguntei ao diretor o motivo, e ele me respondeu que todos eles já tinham a malária.

"Aquele engenheiro estava muito preocupado; quero dizer, eu, no lugar dele, também estaria preocupado, mas ele, mesmo estando, não demonstrava. Falava todo tranquilo e contou que haviam me chamado para puxar os cabos de sustentação da ponte suspensa; que o grosso do trabalho já estava feito, isto é, já tinham dragado o leito do rio em cinco pontos, onde deviam fazer os cinco pilares; que tinha sido um trabalho insano, porque aquele rio arrasta muita areia, mesmo quando está em baixa, e assim a areia enchia as escavações à medida que os buracos iam sendo feitos; que depois tinham afundado os caixotões e tinham mandado os mineiros dentro dos caixotes para escavar a rocha e que dois morreram afogados, mas no final afundaram os caixotões e os encheram de pedrisco e cimento; concluindo, o trabalho sujo já tinha sido feito. Enquanto escutava a falação, comecei a ficar preocupado, porque ele falava dos dois mortos como se não fosse nada, como se fosse algo natural, e tive a impressão de que aquele era um desses lugares em que é melhor não confiar na prudência dos outros e cuidar muito bem da própria.

"Como lhe dizia, na situação daquele engenheiro eu estaria um pouco menos tranquilo: nem duas horas antes, tinham ligado para ele dizendo que estava acontecendo uma coisa inacreditável, ou seja, que agora que tinham concluído os pilares estava chegando uma onda de cheia e o rio estava se deslocando para outra parte; e ele me disse isso com a maior calma, como se alguém dissesse que o assado queimou. Devia ser um sujeito de reações lentas. Chegou um indiano de turbante num jipe, e ele me disse todo gentil que nos veríamos em outro momento, desculpando-se muito; mas entendi que ele ia ver o estrago e lhe perguntei se eu podia ir junto, e ele fez uma careta que não entendi bem, mas disse que sim. Não saberia dizer: talvez porque tivesse simpatia por mim, talvez porque nunca se despreza um conselho ou até por pura gentileza, porque ele era muito gentil, mas não se abalava muito. E era fantasioso também: enquanto seguíamos de jipe, e nem lhe digo como era a estrada, em vez de pensar na cheia ele me contou como fizeram para montar as passarelas de serviço através do rio (ele as chamava de *chetuòk*, passos de gato, mas não creio que nenhum gato de bom senso ousasse passar ali; depois lhe conto melhor). Qualquer outro teria usado um barco ou disparado um arpão como esses de caçar baleia: ele, ao contrário, chamou todos os meninos do vilarejo vizinho e instituiu um prêmio de dez rupias para aquele que fosse capaz de fazer uma pipa voar até a outra margem. Um menino conseguiu, ele pagou o prêmio, e não foi dinheiro jogado fora, porque eram mil e quinhentas liras; depois, mandou amarrar na linha da pipa uma cordinha mais grossa e assim por diante, até os cabos de aço dos *chetuòk*. Mal tinha acabado de contar essa história quando chegamos à ponte, e até ele perdeu o fôlego.

"Não estamos muito habituados a pensar na força dos rios. Naquele ponto o rio tinha setecentos metros de largura e fazia uma curva; não me parecia muito inteligente fazer a ponte justamente ali, mas parece que não havia escolha, porque ali passaria uma ferrovia importante. Viam-se os cinco pilares no meio da correnteza e, mais adiante, os outros pilares de aproximação, cada vez mais baixos até se alinharem com a planície; sobre os cinco grandes pilares já havia as torres de sustentação, de uns cinquenta metros de altura; e entre dois dos pilares já estava posta, deitada, uma plataforma de serviço, em suma, uma ponte leve, provisória, para pôr em cima a estrutura definitiva. Estávamos na margem direita, que era reforçada por uma barreira de cimento bastante robusta, mas ali já não havia rio: durante a noite, começara a comer a margem esquerda, onde havia uma barreira igual, e de manhã cedo já a arrombara.

"À nossa volta havia uma centena de operários indianos, todos impassíveis: olhavam o rio placidamente, sentados sobre os calcanhares, com aquele jeito deles que eu não aguentaria dois minutos, não sei como conseguem, vai ver que lhes ensinam desde pequenos. Quando viam o engenheiro, se levantavam por um momento e o cumprimentavam, pondo a mão sobre o estômago, juntas, como se rezassem, inclinavam-se levemente e voltavam a se sentar. Estávamos em um ponto muito baixo para ver bem a situação, então subimos pela escadinha do andaime da margem e aí, sim, vimos todo o espetáculo.

"Embaixo de nós, como lhe dizia, a água já não passava: só uma lama preta que já começava a fumegar e a feder sob o sol, e dentro dela havia um emaranhado de árvores arrancadas, tábuas, troncos ocos e carcaças de animais. A água corria toda contra a margem esquerda, como se tivesse tido a vontade de arrastá-la consigo, e de fato, enquanto estávamos ali encantados, olhando sem saber o que fazer e o que dizer, vimos um pedaço de barreira se destacar, um pedaço de uns dez metros, e se chocar contra um dos pilares, ricochetear e descer pela correnteza, como se em vez de cimento fosse de madeira. A água já tinha levado embora boa parte da margem esquerda, metera-se pela brecha e estava alagando os campos do outro lado: escavara um lago redondo, com mais de cem metros de diâmetro, e dentro dele desembocava cada vez mais água, como um animal enfurecido que quisesse destruir tudo, girava ao redor de si pelo próprio impulso e se alargava a olhos vistos.

"Em meio à correnteza chegava de tudo: não apenas destroços, mas massas que pareciam ilhas flutuantes. Via-se que, mais acima, o rio passava através de um bosque, porque vinham abaixo árvores ainda com folhas e raízes e até pedaços inteiros da margem, e não se sabia como conseguiam flutuar daquele modo, com mato por cima, terra, árvores em pé e caídas, enfim, pedaços de paisagem. Viajavam a toda a velocidade, às vezes se enfiavam entre dois pilares e saíam da outra parte; noutras, batiam contra as fundações e se quebravam em dois ou três pedaços. Via-se que os pilares eram mesmo sólidos, porque em suas bases se formou todo um emaranhado de tábuas, galhos e troncos, e se via com que força a água os empurrava, se avolumava sobre eles e não conseguia levá-los embora, fazendo um estrondo estranho, como um trovão, mas vindo de baixo da terra.

"Palavra de honra, fiquei contente de que o engenheiro fosse ele; mas, se fosse eu que estivesse no lugar dele, creio que teria agido com um pouco mais de energia. Não digo que ali, de uma hora para outra, se pudesse fazer grande coisa, mas tive a impressão de que ele, se tivesse seguido seu sentimento, se sentaria nos calcanhares como seus operários e ficaria ali, olhando indefinidamente. Não me parecia educado lhe dar conselhos, logo eu, que tinha acabado de chegar e nem era engenheiro; mas depois, visto que era claro feito o sol que ele não fazia a mínima ideia de como reagir, subindo e descendo pela orla sem dizer nada e girando sem sair do lugar, tomei coragem e lhe disse que, na minha opinião, seria interessante transportar pedras e rochas, de preferência as mais pesadas, e despejá-las na margem esquerda: mas com uma certa pressa, porque enquanto conversávamos, o rio já tinha arrancado de um só golpe mais duas placas da barreira, e o redemoinho dentro do lago começara a girar ainda mais rápido. Justamente quando estávamos para subir no jipe, vimos chegar um bloco maciço de árvores, terra e ramagens do tamanho de uma casa, sem exagero, e ele rolava que nem uma bola; meteu-se no rumo da plataforma de serviço, dobrou-a como uma palha e a derrubou na água. Não havia muito que fazer; o engenheiro disse aos operários que fossem para casa, e nós voltamos às barracas para telefonar solicitando as pedras; mas no caminho o engenheiro me disse, sempre muito calmo, que tudo ali ao redor era apenas campina, terra preta e lama, e, se eu quisesse uma pedra do tamanho de uma noz, deveria buscá-la a uns cento e cinquenta quilômetros de distância, no mínimo: como se as pedras fossem um capricho meu, desses que as mulheres grávidas costumam ter. Enfim, era um tipo gentil mas estranho, parecia brincar em vez de trabalhar, e isso me dava nos nervos.

"Ele pegou o telefone e ligou não sei para quem, acho que a um departamento do governo; falava em indiano e eu não entendia nada, mas me pareceu que primeiro atendeu a telefonista, depois a secretária da secretária, depois a secretária verdadeira, e o homem com quem ele queria falar nunca chegava, até que a linha caiu, ou seja, mais ou menos como acontece entre nós, mas ele não perdeu a paciência e recomeçou tudo de novo. No entanto, entre uma secretária e outra, achou um jeito de me dizer que, segundo ele, por muitos dias eu não teria nada a fazer no canteiro de obras: se eu quisesse, podia ficar ali, mas ele me aconselhava a pegar um trem e ir a Calcutá, e eu fiz exatamente isso. Não entendi se me deu esse conselho por gentileza ou para se livrar de mim; e na verdade não ganhei muito com isso. Ele logo me disse que nem tentasse procurar um quarto de hotel: deu-me o endereço de uma casa particular, disse-me que fosse para lá porque eram amigos dele, e que lá eu ficaria bem instalado, inclusive quanto à higiene.

"Nem vou lhe falar sobre Calcutá: foram cinco dias jogados fora. A cidade tem mais de cinco milhões de habitantes e uma grande miséria, que se vê logo: pense que, assim que desci da estação, e era noite, vi uma família que se recolhia para dormir, e a cama era dentro de um tubo de cimento, um tubo novo, daqueles para o esgoto, com quatro metros de comprimento e um de diâmetro: havia o pai, a mãe e três crianças, no tubo haviam colocado uma lamparina e dois pedaços de pano, um em cada boca; mas esses ainda tinham sorte, porque a grande maioria dormia assim, na calçada, de qualquer jeito.

"Os amigos do engenheiro afinal de contas não eram indianos, mas parses, ele era médico, e com eles me senti bem: quando souberam que eu era italiano, fizeram uma grande festa, sabe-se lá por quê. Eu nem sabia o que eram os parses, aliás, nem sabia que existiam e, para ser sincero, até hoje não tenho uma ideia muito clara do que sejam. Talvez o senhor, que é de outra religião, saiba me explicar..."

Fui obrigado a desiludir Faussone: dos parses não sabia praticamente nada, exceto a história macabra de seus funerais, em que, para que o cadáver não contamine a terra, nem a água, nem o fogo, o corpo não é nem sepultado, nem submerso, nem cremado, mas dado aos abutres nas Torres do Silêncio. Mas achava que essas torres não existissem mais, desde os tempos de Salgari.

"Nada disso: ainda existem, foram eles que me contaram, mas disseram que não são da igreja e que por isso, quando morrem, são enterrados segundo o sepultamento normal. Existem ainda, não em Calcutá, mas em Bombaim: são quatro, cada uma com sua esquadra de abutres, mas só funcionam quatro ou cinco vezes por ano. Bem, eles me contaram uma novidade. Apareceu um engenheiro alemão com todos os estudos, apresentou-se aos sacerdotes dos parses e lhes disse que seus técnicos haviam projetado uma grelha que seria posta no fundo das torres: uma grelha a resistência elétrica, sem chama, que queima o defunto aos poucos, sem produzir mau cheiro e sem contaminar nada. Entre parênteses, só mesmo um alemão; de qualquer modo, os padres começaram a discutir e parece que até hoje discutem, porque entre eles também há os modernistas e os conservadores. O médico me contou essa história rindo aos montes, e a mulher veio de lá dizendo que, segundo ela, não se fará nada não por motivos religiosos, mas pelos quilowatts e pela administração local.

"Em Calcutá tudo custa muito pouco, mas eu não ousava comprar nada, nem sequer ir ao cinema, por causa da imundície e das infecções; ficava em casa conversando com a senhora parse, que era muito educada e cheia de bom senso — aliás, preciso me lembrar de enviar-lhe um cartão-postal —, me explicava tudo sobre a Índia, e era uma história sem fim. Mas eu já estava fritando e todos os dias telefonava ao canteiro de obras, mas o engenheiro ou não estava, ou não se fazia encontrar. Depois o encontrei no quinto dia, e ele me disse que eu podia voltar, que o rio baixara e se podia encaminhar o trabalho; e assim fui embora.

"Apresento-me ao engenheiro, que sempre tinha aquele ar de sonhar batatas, e o encontro em meio ao pátio das barracas, cercado por uns cinquenta homens, e parecia que estava me esperando. Cumprimentou-me à sua maneira, com as mãos no peito, e em seguida me apresenta à minha equipe: "This is mister Peraldo, your Italian foreman"; todos me fizeram a tal reverenciazinha com as mãos juntas, e eu fiquei plantado ali, feito uma salsicha. Pensei que ele tivesse esquecido meu nome, porque o senhor sabe que os estrangeiros sempre têm problema com os nomes; eu, por exemplo, achava que todos os indianos se chamavam Sing e imaginei que o mesmo tivesse acontecido com ele. Disse-lhe que eu não era Peraldo, mas Faussone, e ele esboçou seu sorriso angélico e me disse: "Sorry, sabe, mas vocês, europeus, têm todos a mesma cara". Enfim, aos poucos fui me dando conta de que aquele engenheiro, que se chamava Ciaitánia, era enrolado não só no trabalho, mas também nos nomes, e que o tal mister Peraldo não era uma invenção dele, mas existia de fato, era um assistente de Biella que, por coincidência, devia chegar naquela mesma manhã, e era o responsável pela ancoragem dos cabos da ponte, e com efeito ele chegou logo em seguida; eu até fiquei contente, porque é sempre bom encontrar um compatriota. Mas como o engenheiro conseguiu me confundir com ele e ainda dizer que tínhamos a mesma cara continua sendo um mistério, porque eu sou alto e magro e ele era atarracado, eu tinha uns trinta anos e ele tinha cinquenta redondos, ele tinha bigodes à Carlitos e eu, de pelos, já na época só tinha esses poucos aqui atrás, enfim, se éramos parecidos, só se fosse nas dobras do cotovelo e também no fato de que ele gostava de beber e comer bem — o que, naquelas bandas, não era uma coisa nada fácil.

"Mas não me causou muita surpresa encontrar um assistente biellense num lugar tão fora de mão, porque, depois que a gente gira pelo mundo, em cada canto encontra um napolitano que faz pizzas e um biellense que ergue paredes. Certa vez encontrei um num canteiro de obras na Holanda, e ele dizia que Deus fez o mundo, salvo a Holanda, que foi feita pelos holandeses; mas quem fez os diques para os holandeses foram os assistentes biellenses, porque ninguém ainda inventou uma máquina de fazer muros; e me pareceu um belo provérbio, apesar de agora não ser mais tanto verdadeiro. Foi uma sorte ter encontrado esse Peraldo, porque tinha rodado o mundo mais do que eu e sabia das coisas, embora não falasse muito; e também porque, não sei como ele conseguiu, mas tinha na barraca uma bela quantidade de vinho Nebiolo e de vez em quando me oferecia um pouco. Mas só um pouco, não muito, porque ele também não era tão pródigo assim e não queria dilapidar o capital; e tinha até razão, porque depois o trabalho foi demoradíssimo, e nisso é preciso reconhecer que todo o mundo é uma aldeia, porque não vi muitos trabalhos que tenham terminado no prazo previsto.

"Levou-me ao lugar onde ficavam os túneis para a ancoragem — porque o senhor deve imaginar que os cabos de uma ponte como aquela suportam uma bela tração, por isso as habituais argolas não são suficientes. Eles deviam ser ancorados num bloco de argamassa feito em forma de prisma e encaixado num túnel inclinado, escavado na rocha. Eram quatro túneis, dois para cada cabo: mas que túnel! Eram como cavernas. Nunca tinha visto nada parecido, tinham oitenta metros de comprimento, com dez de largura na entrada e quinze no fundo, e uma pendência de trinta graus... Ah, não, não faça essa cara, porque depois o senhor escreve estas coisas, e eu não queria que saíssem disparates: quem sabe — me desculpe —, mas não por culpa minha."

Prometi a Faussone que eu me ateria com a maior diligência às suas indicações; que em nenhum caso cederia à tentação profissional de inventar, de embelezar ou arredondar; e que, por isso, não acrescentaria nada ao seu relato, mas talvez tirasse algumas coisas, como faz o escultor quando extrai a forma de um bloco; e ele se declarou de acordo. Cavando, pois, do grande bloco de detalhes técnicos que ele não muito ordenadamente me forneceu, delineou-se a silhueta de uma ponte longa e delgada, sustentada por cinco torres feitas de caixas de aço e pendurada em quatro festões de cabo de aço. Cada festão tinha cento e setenta metros de comprimento, e cada um dos dois cabos era constituído de uma monstruosa trança de onze mil fios com cinco milímetros de diâmetro.

"Já lhe disse na outra noite que, para mim, cada trabalho é como um primeiro amor: mas naquela vez logo vi que era um amor complicado, um desses que, se a gente consegue escapar com todas as penas no lugar, pode-se dizer que foi um sucesso. Antes de começar, passei uma semana como se estivesse na escola, tendo aula com os engenheiros: eram seis, cinco indianos e um da empresa; quadro horas durante a manhã com o caderno de apontamentos e depois toda a tarde estudando neles; porque era exatamente como o trabalho da aranha, só que as aranhas já nascem sabendo o ofício, e além disso, se caem, caem de baixo e não se machucam, mesmo porque já trazem o fio incorporado. De resto, depois desse trabalho que estou lhe contando, toda vez que vejo uma aranha em sua teia me voltam à mente meus onze mil fios, ou melhor, vinte e dois mil, porque os cabos eram dois, e me sinto meio como um parente dela, especialmente quando sopra o vento.

"Depois coube a mim repassar a lição aos meus homens. Dessa vez eram indianos indianos, não aqueles do Alasca que lhe contei antes. Devo confessar que de início não tive confiança, quando os vi todos ao redor de mim, sentados sobre os calcanhares, ou um outro com as pernas cruzadas e os joelhos abertos, como as estátuas em suas igrejas, que vi em Calcutá. Olhavam-me fixo e nunca faziam perguntas; mas depois, aos poucos, cheguei perto de cada um e constatei que não tinham perdido nenhuma palavra e, na minha opinião, são mais inteligentes do que nós, ou talvez é porque tivessem medo de perder o emprego, porque naquelas bandas não tem conversa. Mas são gente como a gente, embora usem turbante, não calcem sapatos e todas as manhãs, mesmo que o mundo acabe, passem duas horas a rezar. Têm também os seus tormentos, havia um que tinha um filho de dezesseis anos que já jogava dados, e ele estava preocupado porque perdia sempre, um outro tinha uma mulher doente, e outro ainda tinha sete filhos, mas dizia que não estava de acordo com o governo e que não queria fazer a operação, porque ele e sua esposa gostavam de crianças, e até me fez ver uma fotografia. Eram bonitos de verdade, e também a mulher era bonita: todas as garotas indianas são belas, mas Peraldo, que já estava na Índia fazia muito tempo, me explicou que, com elas, nada a fazer. Disse-me até que na cidade é diferente, mas circulam umas doenças que é melhor deixar para lá; concluindo, nunca passei por um jejum tão prolongado quanto naquela vez na Índia. Mas voltemos ao trabalho.

"Já lhe falei dos *chetuòk*, quer dizer, das passarelas, e do truque da pipa para passar o primeiro cabo. Claro que não se podia fazer voar vinte e duas mil pipas. Para puxar os cabos de uma ponte suspensa há um sistema especial: fixa-se um carretel e, a seis ou sete metros acima de cada passarela, se puxa um cabo sem fim, como uma daquelas correias de transmissão que usavam antigamente, estendido entre dois carretéis, um em cada margem; ligada ao cabo interminável há uma roldana móvel, com quatro sulcos; dentro de cada sulco se passa uma alça de cada fio, que parte de um grande rolo; depois se põem em movimento os carretéis e se puxa a roldana de ponta a ponta; assim, com uma só viagem se puxam oito fios. Os operários, afora os que colocam as alças e os que as tiram, ficam na passarela, dois a cada cinquenta metros, vigiando se os fios não se embaraçam: mas dizer é uma coisa, e fazer é outra.

"Sorte que os indianos são gente prestativa ao comando: porque o senhor deve ter em mente que andar nas passarelas não é como passear na via Roma. Em primeiro lugar, são inclinadas, porque têm a mesma pendência que terá o cabo de sustentação; em segundo lugar, basta um fio de vento para fazê-las bailar que é uma beleza, mas do vento ainda vou falar mais adiante; em terceiro lugar, posto que devem ser leves e, por isso mesmo, não resistir ao vento, têm o piso feito de grades, de modo que é melhor o sujeito não olhar para os pés enquanto estiver ali, porque, se olhar, vai ver a água do rio lá embaixo, cor de barro, e dentro dela umas coisinhas se mexendo que, vistas lá de cima, parecem peixinhos para fritura, mas são na verdade as costas dos crocodilos: como já lhe disse, na Índia uma coisa sempre parece outra. Peraldo me contou que não há mais tantos, mas os poucos que sobraram vêm todos para onde se monta uma ponte, porque ali podem comer os restos das refeições e também porque esperam que alguém caia de lá do alto. A Índia é um grande, belo país, mas não tem bichos simpáticos. Até os pernilongos, além de transmitir a malária, o que nos obriga a usar sempre, além dos capacetes, esses véus que parecem os das senhoras de antigamente, são monstros deste tamanho, e se não ficamos atentos levamos picadas de arrancar pedaço; e também me disseram que há borboletas que vêm à noite chupar o sangue de quem dorme, mas eu realmente nunca vi nenhuma, e quanto a dormir, sempre dormi bem.

"A artimanha daquele trabalho de puxar os fios é que os fios devem ter todos a mesma tensão — o que, numa distância como aquela, não é uma tarefa das mais fáceis. Fazíamos dois turnos de seis horas, do alvorecer ao pôr-do-sol, mas depois precisamos organizar uma esquadra especial que montava de noite, antes que o sol saísse, porque de dia sempre acontece de haver fios ao sol, que se esquentam e dilatam, e fios na sombra, portanto é preciso tirar a medida naquela hora ali, porque todos os fios têm a mesma temperatura; e essa tarefa, nem preciso dizer, sempre coube a mim.

"Prosseguimos assim por sessenta dias, sempre com a roldana móvel indo para lá e para cá, e a teia crescia, bem tesa e simétrica, e já dava a ideia da forma que a ponte teria depois. Fazia calor, já lhe disse, aliás, lhe disse até que não lhe diria mais, mas o fato é que fazia calor; quando o sol baixava era um alívio, mesmo porque aí eu podia voltar à barraca, beber um trago e trocar umas palavras com Peraldo. Peraldo tinha começado como ajudante de obras, depois se tornara pedreiro e depois especialista em concreto; tinha estado em tudo que é canto, além de quatro anos no Congo, construindo uma represa, e tinha muitas coisas para contar, mas se eu começar a contar também as histórias dos outros além das minhas, acaba que não acabo mais.

"Quando o trabalho de ajustar a tração terminou, olhando de longe se viam os dois cabos que iam de uma margem à outra com seus quatro festões, tão finos e leves como os fios de uma aranha; mas, olhando-os de perto, eram dois feixes de dar medo, com setenta centímetros de espessura; nós os compactamos com uma máquina especial, como um torno feito em anéis que viaja ao longo do cabo e o aperta com uma força de cem toneladas, mas nessa parte não pus a mão. Era uma máquina americana, a mandaram até ali com seu especialista americano que olhava todos de viés, não falava com ninguém e não deixava que ninguém se aproximasse, vai ver que tinha medo de que lhe roubassem o segredo.

"Naquela altura parecia que o mais difícil já havia sido feito: em poucos dias puxamos os cabos verticais de suspensão, que pescávamos com roldanas dos barcos que estavam embaixo, e parecia mesmo que estávamos pescando enguias, mas eram enguias que pesavam uma tonelada e meia; e finalmente chegou a hora de iniciar a fixação dos trilhos, e ninguém podia adivinhar, mas foi justamente ali que a aventura começou. Antes preciso dizer que, depois do acidente daquela cheia inesperada que lhe contei, fizeram de conta que não, mas o fato é que seguiram meu conselho à risca: enquanto eu estava em Calcutá, tinham feito chegar uma enormidade de caminhões carregados de pedregulhos, e como a água tinha baixado, puderam reforçar muito bem as barreiras. Mas sabe a história do gato escaldado que tem medo de água fria: durante toda a montagem, do alto do meu passo de gato, sempre ficava de olho na água e até consegui que o engenheiro deixasse um telefone móvel à minha disposição, porque pensava que, se tivesse que vir uma outra cheia, era melhor chegar antes; eu não pensava que o perigo pudesse vir de outra parte, e, a julgar pelo resultado dos fatos, ninguém pensava nessa possibilidade, nem sequer os próprios projetistas.

"Nunca vi os projetistas daquela ponte nem sei de que raça eram, mas já conheci muitos deles e sei que há de todo tipo. Há o projetista elefante, aquele que está sempre com a razão, que não preza nem a elegância nem a economia, que não quer saber de problemas e põe quatro onde basta um: em geral, é um projetista já meio velhote, e se o senhor pensar bem vai ver que é uma história triste. Mas também há o tipo muquirana, que parece que vai pagar cada parafuso do próprio bolso. Há o projetista papagaio, que em vez de estudar os projetos trata de copiá-los, como se faz na escola, e não percebe que todos riem dele. Há o projetista lesma, quero dizer, o tipo burocrata, que vai bem devagar, e assim que você o toca ele logo recua e se esconde dentro de sua casca, que é feita de regulamentos: e eu, sem querer ofender, o chamaria também de projetista cretino. Há enfim o projetista borboleta, e acho que os projetistas daquela ponte eram justamente deste tipo aqui: é o mais perigoso de todos, porque são jovens, ousados e não escondem isso; se você lhes fala de verba e de segurança, o olham como se você fosse um cuspe; e todo o seu pensamento se concentra na novidade e na beleza — sem pensarem que, quando uma obra é bem planejada, se torna bela por si mesma. Desculpe meu desabafo, mas quando a gente põe num trabalho todo o sentimento e depois ele acaba como aquela ponte que estou lhe dizendo, bem, é lamentável. Lamentável por tantos motivos: por termos perdido tanto tempo, porque depois sempre há um pandemônio com os advogados, os códigos e os sete mil ohs, porque, mesmo quando não temos nada a ver, sempre ficamos com um certo sentimento de culpa; porém, mais que tudo, ver ruir uma obra como aquela, e da maneira como veio abaixo, um pedaço de cada vez, como se sofresse, como se resistisse, doía no coração como quando morre uma pessoa.

"E justamente como quando morre uma pessoa, e depois todos dizem que já tinham percebido pelo modo como respirava, por como virava os olhos, também daquela vez, após o desastre, todos tinham algo a dizer, até o indiano da operação: que se via perfeitamente, que as sustentações eram escassas, que o aço tinha bolhas do tamanho de um caroço de feijão, e os soldadores diziam que os montadores não sabiam montar, e os operadores de guindaste diziam que os soldadores não sabiam soldar, e todos juntos acusavam o engenheiro e passavam sua vida a limpo, dizendo que dormia em pé e vivia no mundo da Lua e não soubera organizar o trabalho. E talvez todos tivessem um pouco de razão, ou quem sabe ninguém, porque também aqui é um pouco como com as pessoas, comigo já aconteceu muitas vezes: uma torre, por exemplo, testada e conferida em cada detalhe que parecia pronta para durar um século e no entanto começa a estalar depois de um mês; já outra, na qual não apostaríamos um centavo, nada, continua impecável. E se o senhor confiar o caso aos peritos, pior ainda, porque aparecem três com três explicações diferentes, nunca se viu um perito que tirasse coelho da cartola. É claro que se alguém morre ou se uma estrutura desaba deve haver alguma razão, mas não é certo que haja apenas uma ou, se sim, que seja possível identificá-la. Mas vamos com ordem.

"Já lhe disse que durante todo esse trabalho sempre fez calor, todos os dias, um calor molhado que era difícil de suportar, mas no final eu já estava habituado. Pois bem, quando terminamos a obra e os envernizadores já estavam pendurados por todos os lados, parecendo mosquitinhos numa teia, me dei conta de que, num piscar de olhos, o calor tinha desaparecido: o sol já tinha despontado, mas, em vez de fazer o calor de sempre, o suor se enxugava na pele e se sentia um frescor. Eu também estava sobre a ponte, na metade da primeira seção, e além do frescor senti duas outras coisas que me deixaram ali, petrificado, como um cão de caça em alerta: senti a ponte vibrando sob meus pés e ouvi uma espécie de música, mas não se entendia de onde ela vinha; uma música, ou melhor, um som, profundo e distante, como quando testam o órgão na igreja, porque quando eu era pequeno ia à igreja; e percebi que tudo vinha do vento. Era o primeiro vento que eu sentia desde que tinha pousado na Índia, e não era uma ventania, mas era constante, como o vento que se sente quando alguém vai lentamente de automóvel e põe a mão para fora da janela. Fiquei inquieto, não sei por quê, e me encaminhei para a cabeceira da ponte: talvez isso até fosse uma reação do nosso ofício, mas as coisas que vibram não nos agradam muito. Cheguei ao pilar da cabeceira, me virei para trás e senti que todos os meus pelos se eriçaram. Não, não é um modo de dizer, se eriçaram mesmo, um por um e todos juntos, como se tivessem acordado e quisessem fugir: porque de onde eu estava se via a ponte toda, e estava acontecendo uma coisa incrível. Era como se, sob aquele sopro de vento, também a ponte estivesse despertando. Sim, como alguém que ouve um barulho, acorda, se sacode um pouco e se prepara para pular da cama. Toda a ponte balançava: os trilhos jogavam para a esquerda e a direita e depois começaram a se mover também na vertical, viam-se ondas que corriam de uma cabeceira a outra, como quando se agita uma corda frouxa; mas já não eram vibrações, eram ondas de um a dois metros de altura, porque vi um dos envernizadores que abandonara ali o seu trabalho e começara a correr em minha direção, e às vezes eu o via e às vezes, não, como um barco no mar quando as ondas são grandes.

"Todos fugiram da ponte, até os indianos andavam um pouco mais rápido que de costume, e houve uma tremenda gritaria e uma tremenda desordem: ninguém sabia o que fazer. Até os cabos de suspensão começaram a chacoalhar. Sabe como acontece nesses momentos, quando cada um diz uma coisa; mas depois de alguns minutos vimos que a ponte, não que estivesse firme, mas as ondas como que se estabilizaram, se erguiam, corriam e rebatiam de uma ponta a outra sempre com a mesma cadência. Não sei quem deu a ordem, ou talvez foi alguém que teve a iniciativa isolada, mas vi um dos tratores avançando pelos trilhos da ponte e arrastando atrás de si dois cabos de três polegadas: talvez quisesse puxá-los na diagonal para frear as oscilações, certamente quem fez isso teve uma grande coragem, ou melhor, uma grande irresponsabilidade, porque não acredito que com aqueles dois cabos, ainda que tivesse conseguido fixá-los, fosse possível conter uma estrutura como aquela, imagine que a pista tinha oito metros de largura e um metro e meio de altura e faça as contas de quantas toneladas estavam em jogo. Seja como for, não tiveram tempo de fazer nada, porque dali em diante as coisas se precipitaram. Talvez o vento tivesse aumentado, não saberia dizer, mas por volta das dez as ondas verticais tinham quatro ou cinco metros de altura, sentíamos a terra tremer e o estrondo das suspensões verticais que se afrouxavam e repuxavam. O tratorista viu a coisa malparada, deixou ali mesmo o trator e escapou depressa para a margem: e fez bem, porque logo em seguida a pista começou a retorcer-se como se fosse de borracha, o trator era arremessado para lá e para cá e a certa altura ultrapassou o parapeito e acabou no rio.

"Um após outro, ouviram-se como tiros de canhão, e eu os contei, eram seis, eram as suspensões verticais que arrebentavam: arrebentavam nitidamente, no nível da pista, e com os contragolpes os fragmentos voavam para o céu. Ao mesmo tempo, toda a estrutura da pista começou a soltar-se, a desconjuntar-se, caindo aos pedaços no rio; outros pedaços, porém, permaneciam pendurados nas vigas, como trapos.

"Então tudo terminou: tudo ficou ali, parado, como depois de um bombardeio, e eu não sei com que cara eu estava, mas um do meu lado tremia todo e tinha uma cara esverdeada, embora fosse um indiano de turbante e de pele bem escura. No fim das contas, tinham ruído duas seções quase inteiras da pista e uma dúzia de suspensões verticais; no entanto, os cabos principais continuaram no lugar. Tudo estava parado como numa fotografia, salvo o rio, que continuava correndo como se nada tivesse acontecido: entretanto o vento não tinha cedido, ao contrário, estava mais forte do que antes. Era como se alguém tivesse querido fazer aquele estrago e depois ficasse satisfeito. E então me ocorreu uma ideia estúpida: li num livro que, na noite dos tempos, quando começavam a construir uma ponte, matavam um cristão, ou melhor, não um cristão, porque na época nem havia cristãos, mas enfim um homem, e o colocavam dentro das fundações; mais tarde, no entanto, matavam um animal; e então a ponte não caía. Mas, justamente, era uma ideia estúpida.

"Depois disso fui embora, mesmo porque os cabos grossos tinham resistido, e meu trabalho não precisaria ser refeito. Soube mais tarde que discutiram bastante sobre o porquê e o como, que não chegaram a nenhum acordo, e que estão discutindo até hoje. Quanto a mim, quando avistei o plano da pista batendo para cima e para baixo, logo pensei naquela aterrissagem em Calcutá, nas asas do Boeing que batiam como as de um pássaro e que me fizeram passar por um mau momento, apesar de toda a minha experiência com voos; mas o fato é que eu não saberia dizer. Com certeza o vento contribuíra, e de fato me disseram que agora estão refazendo a ponte, mas com aberturas na pista, para que o vento não encontre muita resistência.

"Não, nunca mais montei pontes suspensas. Fui embora de lá, não me despedi de ninguém, exceto de Peraldo. Não foi uma bela história. Foi como quando a gente gosta de uma mulher e ela nos deixa da noite para o dia e você não sabe por que e sofre, não só porque perdeu a mulher, mas também a confiança. Bem, me passe a garrafa e vamos beber mais um pouco: esta noite é por minha conta. Sim, retornei a Turim, e faltou pouco para que eu não me perdesse numa curva com uma daquelas garotas das minhas tias que lhe mencionei no início, porque eu estava com o moral baixo e não oferecia resistência: mas isso já é outra história. Depois recuperei a razão."

Sem tempo

Tinha chovido durante a noite toda, a intervalos, em lufadas silenciosas de gotinhas tão miúdas que se confundiam com a névoa, e às vezes em rajadas violentas: estas tamborilavam com estrondo sobre as chapas onduladas que serviam de teto às barracas dos depósitos, construídos sem um plano decifrável ao redor dos alojamentos. Um modesto riacho que corria não longe dali engrossara, e por toda a noite sua voz penetrara em meus sonhos, confundindo-se com as imagens de aluvião e de ruína evocadas pela história indiana de Faussone. Ao amanhecer, uma preguiçosa alvorada úmida e cinza, nos vimos assediados pelo sagrado barro fértil da planície sarmática, o barro escuro, liso e profundo que nutre o grão e engole os exércitos invasores.

Sob nossas janelas corriam as galinhas, amantes do barro assim como os patos, com os quais disputavam as minhocas; Faussone não deixou de me fazer notar que, naquelas condições, nossas galinhas se afogariam; eis confirmadas mais uma vez as vantagens da especialização. Os russos e russas dos serviços circulavam impávidos, metidos em suas botas que chegavam até o joelho. Nós dois esperamos até por volta das nove os carros que deveriam nos conduzir aos respectivos locais de trabalho, depois começamos a fazer ligações, mas por volta das dez já estava claro que o gentilíssimo "o mais rapidamente possível" com que nos respondiam queria dizer "hoje não, e amanhã, só se tivermos sorte". Os carros estavam atolados, avariados, destinados a outros serviços e, além disso, nunca tinham sido prometidos a nós, prosseguiu a suave voz telefônica, com a típica indiferença russa à plausibilidade das pretensões individuais e à mútua compatibilidade das pretensões múltiplas. "País sem tempo", comentei, e Faussone me respondeu: "Questão de não se irritar; de resto, não sei o senhor, mas eu também sou pago para isso".

Ficou-me impressa na memória a história que ele havia deixado em suspenso, sobre a garota das tias, aquela que por pouco não o meteu em maus lençóis: que maus lençóis?

Faussone foi evasivo. "Em maus lençóis. Com uma garota, três vezes em quatro a gente se mete em maus lençóis, especialmente se não ficar atento desde o início. Não havia entendimento, a gente só fazia discutir, ela não me deixava falar e sempre queria dizer a última palavra, e então eu fazia o mesmo. Veja que era uma garota muito séria, e também bastante bonita de rosto, mas era três anos mais velha do que eu e estava com a carroceria meio arriada. Não vou negar, tinha seus méritos, mas ela precisava de um marido diferente de mim, um desses que passam o dia carimbando postais e chegam em casa na hora certa e não dão um pio. Além disso, na minha idade, a gente começa a ficar difícil, e ninguém me garante que a esta altura já não seja tarde para mim."

Aproximou-se da vidraça e me pareceu pensativo, de humor sombrio. Lá fora chovia um pouco menos, mas ventava mais forte; as árvores agitavam os galhos como se gesticulassem, e dava para ver, correndo rentes à terra, uns curiosos amontoados de arbustos esféricos, cujo tamanho variava de meio a um metro; voavam rolando e saltando, modelados assim ao longo do percurso, para depois se dispersarem por aí: áridos e ao mesmo tempo tenebrosamente vivos, pareciam fugidos da floresta de Pier delle Vigne. Murmurei uma vaga frase consoladora, como convém nesses casos, e o convidei a comparar sua idade com a minha, mas ele recomeçou a falar como se não tivesse escutado:

"Antigamente era mais fácil: não pensava nem duas vezes. Para ser franco, eu era tímido por natureza, mas na Lancia, um pouco pela companhia, e pouco depois de me colocarem na manutenção, quando aprendi a soldar, me tornei mais ousado e ganhei confiança; sim, soldar foi importante, mas não saberia dizer por quê. Talvez porque não é um trabalho natural, especialmente a soldagem autógena: não vem da natureza, não se parece com nenhum outro trabalho, é preciso que a cabeça, as mãos e os olhos aprendam cada um por conta própria, sobretudo os olhos, porque quando você põe na frente deles aquele capacete para se proteger da luz só se vê o breu, e no breu a minhoquinha acesa do cordão de soldadura que vem na frente, e deve vir sempre na frente sempre na mesma velocidade; não se veem nem as próprias mãos, mas, se você não fizer tudo direito e errar, nem que seja um pouquinho, em vez de uma soldadura o resultado é um buraco. O fato é que, depois que ganhei confiança com a solda, depois confiei em tudo, até na maneira de caminhar: e aqui também a prática que adquiri na oficina de meu pai me ajudou e muito, porque meu pai, que Deus o guarde, me ensinara a fazer tubos de cobre a partir da chapa, porque na época os pré-fabricados eram raros, e se pegava a chapa, se batia nas bordas com o bisão, se acavalavam as duas pontas, se cobria a junta com boro e limalha de latão e depois se levava a peça para queimar na forja, nem muito devagar nem muito rápido, senão o latão salta para fora ou não funde — tudo assim, de olho, imagina que trabalho? Depois, a partir do tubo grosso se faziam os tubos menores, em fila, puxando com o carretel à mão e cozinhando-os de novo a cada nova peça, uma coisa incrível; mas no final a junta mal se via, somente o veio mais claro do latão: quando se tocava com as mãos, não se sentia nada. Agora o trabalho mudou, é claro, mas tenho a impressão de que, se ensinassem na escola certos trabalhos em vez de Rômulo e Remo, se ganharia muito.

"Como estava dizendo, aprendendo a soldar aprendi um pouco de tudo; e assim aconteceu que, no meu primeiro trabalho de montagem razoavelmente importante, e era justo um trabalho de soldagem, levei comigo uma garota para o canteiro de obras; mas depois, para ser sincero, não sabia o que fazer com ela durante o dia, e a coitada me acompanhava ao trabalho, sentava-se na grama sob as torres, fumava um cigarro atrás do outro e se entediava, e eu lá de cima a via bem pequenininha. Era um trabalho na montanha, em Val d'Aosta, num lugar lindo, e a estação também era boa, início de junho: era preciso terminar de montar as torres de uma linha de alta-tensão e depois passar os cabos. Eu tinha vinte anos, tinha acabado de tirar a carteira de motorista, e quando a empresa me disse para pegar o furgão 600 com todo o equipamento dentro e partir em viagem, e ainda com pagamento adiantado, me senti orgulhoso como um rei. Naquele tempo minha mãe ainda estava viva, em nossa cidadezinha, de modo que não lhe disse nada — e às tias, é claro, menos ainda, para não decepcioná-las, porque elas achavam que em matéria de garotas tinham a exclusividade. Ela estava de férias, era uma professora de escola, eu a conhecera fazia apenas um mês e a levava para dançar no Gay, mas achou incrível e aceitou logo — não era dessas que ficam enrolando.

"O senhor imagina que, com três coisas assim de repente — a garota, o trabalho de responsabilidade e a viagem de carro —, eu me sentia girando como um motor acelerado: ter vinte anos naquela época era como ter dezessete hoje, e eu dirigia feito um cretino. Embora ainda não tivesse experiência e o furgão fosse meio pesado, tentava ultrapassar todos, e ultrapassá-los esnobando — e note que naquele tempo nem havia autoestrada. A garota estava com medo, e eu, sabe como se é nessa idade, estava contente de que ela tivesse medo. A certa altura o motor engasgou duas ou três vezes e depois parou: eu abri o capô e comecei a mexer no motor com ares de especialista, mas para falar a verdade não sabia nada e não localizei o defeito. Depois de um tempo a garota perdeu a paciência: eu não queria, mas ela parou um motociclista da polícia rodoviária e pediu que nos ajudasse. Num segundo, ele enfiou uma haste dentro do tanque e me mostrou que não havia nem uma gota de gasolina; de fato, eu sabia que o mostrador estava quebrado, mas me esqueci disso por causa da garota. Ele foi embora sem muita cerimônia, mas eu me senti mais do meu tamanho, e talvez tenha sido um bem, porque dali em diante passei a dirigir com mais prudência e chegamos sãos e salvos.

"Nós nos instalamos num hotelzinho honesto, em dois quartos separados para manter a conveniência; depois fui me apresentar ao escritório da empresa de eletricidade, e ela foi passear por conta própria. Em relação a outros que fiz depois, e alguns deles já lhe contei, aquele trabalho não era grande coisa, mas era meu primeiro trabalho fora da oficina e me sentia cheio de entusiasmo. Levaram-me a uma torre quase terminada, me explicaram que o outro montador tinha se aposentado, me deram os desenhos do conjunto e os detalhes sobre os nós e me plantaram ali. Era uma estrutura em tubos zincados, desses em forma de Y: estava a uma altitude de mil e oitocentos metros, e entre as sombras das rochas ainda havia algumas manchas de neve, mas os prados já estavam cheios de flor; ouvia-se a água que escorria e gotejava de todas as partes, como se tivesse chovido, mas era o degelo, porque de noite ainda geava. A torre tinha trinta metros de altura; os monta-cargas já estavam a postos, assim como, no solo, o barracão dos carpinteiros que preparavam as peças para a soldadura. Eles me olharam com um ar estranho, e no momento não entendi por quê: depois, quando pegaram um pouco mais intimidade, veio à tona que o outro montador não estava aposentado, mas tinha sofrido um acidente, enfim, pisara em falso, caíra lá de cima — e por sorte não estava no alto — e agora estava no hospital com várias costelas fraturadas. Acharam melhor me contar não para me meter medo, mas porque eram gente de bom senso e antigos no ofício, e vendo-me assim, todo alegre e pimpão, com a garota embaixo que me olhava, e eu bancando o erlo a vinte metros de altura, sem nem sequer uma cinta..."

Precisei interromper a narração por causa do erlo. Eu conhecia a expressão ("bancar o erlo" quer dizer, mais ou menos, "mostrar coragem", "bancar o fanfarrão"), mas esperava que Faussone me explicasse a origem da palavra ou pelo menos me esclarecesse o que é um erlo. Não fomos muito longe: ele sabia vagamente que o erlo é um pássaro e que, justamente, bancar o erlo seria exibir-se para sua fêmea a fim de induzi-la ao acasalamento, mas nada além disso. Depois, por minha conta, fiz algumas pesquisas e descobri que o erlo é o merganso grande, uma espécie de pato de bela plumagem em forma de fraque, atualmente muito raro na Itália; mas nenhum caçador pôde me confirmar que seu comportamento fosse tão curioso a ponto de justificar a metáfora que ainda hoje é largamente usada. Faussone retomou com uma sombra de aborrecimento na voz:

"Pois é, porque a esta altura já girei muitos canteiros de obra, dentro e fora da Itália: às vezes o soterram debaixo de regulamentos e precauções como se fosse um deficiente ou um bebê recém-nascido, especialmente no exterior; noutras, deixam que você faça o que bem entender, porque de qualquer modo, mesmo que você arrebente a cabeça, o seguro paga tudo — mas em ambos os casos, se você mesmo não for prudente, mais cedo ou mais tarde vai acabar mal, e é mais difícil aprender a prudência do que o ofício. Geralmente se aprende depois, e é bem difícil que se aprenda sem passar por problemas: sorte de quem passa logo por eles, e pequenos. Agora há os inspetores de sinistro, que metem o bedelho em tudo, e estão certos; mas, ainda que fossem todos pais eternos e soubessem os truques de todos os trabalhos — o que nem é possível, porque trabalhos e truques há sempre novos —, pois bem: o senhor acredita que não aconteceria mais nada? Seria como acreditar que, se todos obedecessem ao código de trânsito, não haveria mais acidentes de carro: no entanto, me diga se já conheceu um condutor que nunca tenha tido um acidente. Pensei nisso várias vezes: é preciso que os acidentes não aconteçam, mas acontecem, e é preciso aprender a ficar sempre de olhos bem abertos, ou então mudar de profissão.

"Bem, se eu cheguei inteiro ao final daquele trabalho que lhe estava dizendo, e sem nem um machucado, é justamente porque há um deus dos bêbados e dos apaixonados. Mas veja que eu não era nem um nem outro: o que me importava era fazer um belo papel para a garota que me olhava do campo, assim como dizer que fazem esse tal de erlo com sua erla. Quando repenso nisso, me vem um frio na espinha ainda hoje, e olha que já se passaram muitos anos. Eu subia e descia pela torre agarrando-me nas barras, sem jamais passar pelas escadinhas de marinheiro, lépido que nem Tarzan; para fazer as soldas, em vez de me sentar ou me acavalar como fazem as pessoas de bom senso, ficava em pé e às vezes até num pé só e, olé, dá-lhe soldadora, e o projeto eu só olhava raramente. É preciso reconhecer que o supervisor de obras era uma boa pessoa, ou talvez não enxergasse bem, porque quando dei o trabalho por encerrado, ele subiu a torre bem devagar, com um ar de bispo, e de todas as minhas soldas, que devem ter sido mais de duzentas, só me mandou refazer umas doze: no entanto eu mesmo era o primeiro a reconhecer que as minhas eram uns garranchos, todas enrugadas e cheias de bolhas, enquanto ali ao lado estavam as do montador que tinha sofrido o acidente, e elas pareciam bordados; mas veja só como o mundo é justo, ele, que era prudente, caiu, e eu, que banquei o fanfarrão o tempo todo, não tive nem um arranhão. E é preciso também dizer que ou minhas soldas, apesar de tortas, eram robustas, ou o projeto era bem reforçado, porque a torre ainda está lá, e olha que já se passaram quinze invernos. Bem, é verdade, eu tenho este fraco: não é que me orgulhe de ir para a Índia ou o Alasca, mas, se faço um trabalho, de alguma maneira, e se não estiver muito fora de mão, arranjo um jeito de ir revê-lo de vez em quando, como se faz com os parentes de idade e como fazia meu pai com seus alambiques; assim, se num feriado não tenho nada melhor para fazer, pego e vou. De resto, revejo com um prazer especial essa torre que lhe mencionei, apesar de não ser nada de especial, e entre todos os que passam por lá não há nenhum que olhe para ela: porque na verdade foi meu primeiro trabalho, e também por causa daquela garota que levei comigo.

"No início pensei que fosse uma garota meio estranha, porque eu não tinha experiência e não sabia que, de um jeito ou de outro, todas são estranhas, e se alguma não for estranha quer dizer que é ainda mais estranha que as outras, justamente porque está fora dos padrões, não sei se me explico. Ela era da Calábria, ou melhor, a família dela tinha vindo da Calábria, mas ela havia estudado em nossas escolas, e só se via que tinha vindo daquelas terras por causa do cabelo e da cor da pele, e também porque era mais baixinha: pela maneira de falar não se reconhecia. Para ir à montanha comigo ela precisou falar com os pais, mas não teve de dar muitas explicações, porque eram sete filhos e, um a mais, um a menos, não se importavam tanto; além disso ela era a mais velha e era professora, de modo que tinha bastante independência. Pois no início ela me pareceu estranha, mas o mais estranho era a situação, porque também para ela era a primeira vez que se afastava da família e saía da cidade, e além disso a levei a lugares onde ela nunca tinha estado, e ela se maravilhava com tudo, a começar pela neve de verão e pelo show que eu fazia para impressioná-la. O fato é que nunca mais vou me esquecer da primeira noite que passamos lá.

"Era baixa estação, os únicos hóspedes do hotel éramos nós, e eu me sentia o dono do mundo. Ordenamos um banquete de grandes senhores, porque, talvez ela nem tanto, mas eu, depois daquele dia ao ar livre fazendo todas aquelas acrobacias, estava com uma fome colossal; e também bebemos um monte. Resisto bem ao vinho, e disso o senhor já sabe, mas ela, com todo o sol que tinha pegado e ainda o vinho, ao qual não estava habituada, além do fato de estarmos ali sozinhos, como num deserto, e os poucos que havia eram desconhecidos, e aquele ar fino: acontece que ela desatou num *fou rire*, falava como uma metralhadora, embora normalmente fosse bastante reservada, e sobretudo tinha um apetite impressionante; acho até que estava com um pouquinho de febre, porque o sol faz esse efeito a quem não está acostumado. Enfim, para resumir, depois do jantar passeamos um pouco ao ar livre, porque ainda estava claro, mas já fazia um certo frio, e se via perfeitamente que ela estava com as pernas bambas, ou talvez fizesse de conta, mas se agarrava a mim e dizia que queria dormir. Assim a levei para a cama, não a dela, é claro, porque a história dos dois quartos era só para os olhos do mundo, como se alguém lá em cima estivesse de olho no que fazíamos. E nem é preciso que lhe conte sobre aquela noite, porque o senhor pode imaginar por si, e de resto essas coisas dispensam qualquer outra explicação, já que são fáceis de entender.

"Em três dias de trabalho eu tinha terminado as soldas, e, como todas as outras torres já estavam prontas, era hora de começar a passar os cabos. Sabe, vendo-os de baixo parecem linhas de costura, mas são de cobre, de uns dez milímetros, ou seja, não muito manuseáveis. Claro que, comparando com aquela outra obra na Índia que lhe contei, esse trabalho era mais simples, mas é preciso levar em consideração que era meu primeiro trabalho, e que além disso a tração deve ser exata, especialmente em relação aos dois cabos laterais, os que ficam pendurados por fora das duas garras do Y, do contrário toda a base da torre se distorce. Mas não se assuste, esta história não tem acidentes, salvo o do montador que estava antes de mim; e nem depois houve nenhum acidente, quero dizer, com a torre, que de fato ainda está de pé e parece nova em folha, como já lhe disse. Porque, sabe, entre uma torre de transmissão elétrica e uma ponte suspensa como aquela famosa na Índia há uma bela diferença, pelo simples fato de que sobre as pontes passa gente, e nas torres, só os quilowatts; em suma, as torres são mais ou menos como os livros que o senhor escreve, que podem até ser muito bonitos, mas, enfim, se não fossem tantos — com todo o respeito —, ninguém morreria por isso, só se prejudica quem os comprou.

"Para dizer a verdade, estender os cabos não era um serviço previsto para mim, e eu àquela altura já poderia voltar, mas, depois de terminada a soldagem e feitas todas as checagens, fui direto aos escritórios da empresa e me ofereci para instalar os cabos, porque assim a história com a garota poderia continuar por mais alguns dias. Devo dizer que naquela época eu tinha uma cara-de-pau que até hoje acho inacreditável: não saberia dizer por que, talvez simplesmente porque naquela ocasião eu precisava daquilo, e que o uso desenvolve o órgão. O fato é que telefonaram a Turim, entraram em acordo e prolongaram minha temporada de serviço; não que eu fosse mais esperto do que eles, mas é que realmente a equipe era toda composta de múmias, e uma a mais, modéstia à parte bastante robusta, era conveniente para eles. Pois bem, pode acreditar? Eu não tinha noção, mas, pelo menos como se fazia naquela época, era um trabalho de animal, porque diante daquilo o trabalho que se fazia na Lancia era coisa de mocinha. Sabe, o cabo de cobre é pesado, é rígido e ao mesmo tempo frágil, porque é trançado, e se um dos fios se rompe ao roçar nas pedras, adeus, desfaz-se todo como uma meia que perdeu o fio, e é preciso descartar vários metros ou fazer duas juntas, mas só se o contratador estiver de acordo: de qualquer modo, é um trabalho terrível. Então, para que ele não roce no terreno, é preciso mantê-lo no alto e puxar bem forte, para que não arreie, e manejar a bobina lá de cima, e não de baixo, justamente para ganhar altura; em suma, nossa equipe, que afora os presentes era uma dúzia de militares reformados, me fazia lembrar o Volga Volga, com a diferença que, em vez de até a morte, se puxava até as seis da tarde. Eu tomava coragem pensando na garota, mas enquanto isso, a cada dia que passava, me vinham cada vez mais calos na mão, e quando eu estava com a garota isso incomodava muito, mas o que mais me incomodava era que ela me visse pendurado no cabo feito um asno na carroça. Tentei que me colocassem entre os que ficavam embaixo, isto é, aqueles que erguem do chão a cabeça do cabo e a encaixam nos isolantes, mas não teve jeito, o senhor sabe, quando um trabalho é cômodo e bem pago, logo surge a Camorra. Nada: tive que levar adiante o volgavolga durante toda a semana, e nos últimos dias era em subida, e o cabo, além das mãos, arrasava minhas costas.

"Enquanto eu ralava, a garota passeava pelas redondezas conversando com as pessoas e, numa bela noite, me disse qual era seu programa para o fim de semana. Sinceramente, só o fato de que ela tivesse arranjado um programa enquanto eu penava com os cabos me dava dor de cabeça, mas fiz de conta que não era nada por simples cavalheirismo; ou pelo menos tentei fazer de conta, porque a garota sorria e me dizia que o modo como eu coçava o nariz me denunciava. Mas eu tinha meus bons motivos, pois afinal, depois de seis dias naquele trabalho, o tempo todo agarrado aos cabos, tinha mais vontade de dormir do que de escalar montanhas — ou quem sabe de fazer sexo, mas sempre na cama, ora. Mas não: tinham enchido a cabeça dela com essa história de natureza e que num vale vizinho àquele das obras havia um lugar fantástico, de onde se viam as geleiras, os cabritos monteses, os picos da Suíça e até as morenas, que eu nunca entendi bem o que são e pensava que fossem peixes bons de comer. Enfim, para resumir, ela entendeu logo qual era meu ponto fraco, ou seja, a questão de honra; meio brincando, meio a sério, me tachou de palerma e de molenga, porque, embora fosse da Calábria, aprendeu nosso jeito de falar desde menina, e o fato é que no sábado, assim que a sirene do canteiro de obras tocou, ela furou com uma agulha todas as bolhas novas do último dia, passou tintura de iodo na ferida que eu tinha nas costas, fizemos as mochilas num instante e partimos.

"Veja, nem sei por que estou lhe contando esta história. Talvez seja por causa deste país, desta chuva que não acaba nunca e dos carros que não vêm nos buscar: por causa do contraste, enfim. É, porque no fim das contas a garota tinha razão: era realmente uma paisagem linda. E também, pensando bem, por causa de um outro contraste, que é a diferença entre ter vinte anos e ter trinta e cinco, e entre fazer uma coisa pela primeira vez e fazê-la depois que já nos habituamos; mas dizer essas coisas ao senhor, que em matéria de anos tem muito mais do que eu, acho que nem é preciso.

"Como lhe estava dizendo, ela se informara e tinha decidido que nossa viagem de núpcias (ela dizia exatamente assim, mas eu não estava muito convencido) seria num acampamento de pernoite com um nome que nem lembro agora, mas é difícil me esquecer daquele lugar e também a noite que passamos ali: não porque fizemos amor, mas pelo cenário. Agora me disseram que os helicópteros não param de descer e subir ali, mas naquela época esses acampamentos eram uma mixaria, e a maior parte das pessoas, mesmo essas que dormem nas bilheterias de Porta Nova, se as obrigassem a dormir ali dentro, com certeza reclamariam. Eram como barris de chapa cortados à metade, de dois metros por dois, com uma portinhola para entrar, como essas para os gatos, e dentro apenas um colchão de palha, alguns cobertores, uma estufa do tamanho de uma caixa de sapatos e, tendo sorte, um pouco de pão seco deixado ali pelos que tinham passado antes. Já que tinham a forma de um meio cilindro, a altura não passava de um metro, de modo que era preciso entrar ali engatinhando; sobre o teto havia umas hastes de cobre que serviam de pararraios, mas sobretudo de contravento, para que uma tempestade não levasse embora tudo; e ainda havia, fincada no chão, uma pá com um cabo de mais de dois metros, para que despontasse da neve durante as meias estações e servisse de sinal — e também servia justamente para tirar a neve quando a barraca ficava coberta.

"Quanto à água, não havia problema: o acampamento estava montado sobre uma saliência rochosa de uns dois metros de altura acima de uma geleira plana. Eu tinha grande vontade de passear por ali, mas a garota me disse que era perigoso por causa das rachaduras e que, se alguém fosse parar num desses buracos, ninguém viria socorrê-lo, porque se sabia que a culpa era do sujeito, e além disso nem valia a pena, porque na maioria das vezes a pessoa chega ao fundo já mortinha da silva por causa do baque e do susto e, se não morrer ali no ato, morre de frio antes que chegue o socorro. Foi assim que lhe explicaram lá no vale, no centro de turismo; se tudo isso é verdade ou não, eu não saberia dizer ao senhor, mesmo porque, quando viram dois pombinhos como nós, com certeza tiveram suas precauções. Pois eu lhe dizia que quanto à água não tinha problema, porque já fazia calor havia várias semanas, a neve se dissolvera sobre o gelo, o gelo tinha ficado nu, e no gelo a água tinha escavado como canaizinhos esverdeados, um monte deles, todos paralelos, como se os tivessem feito em listras. Veja que para encontrar coisas estranhas nem sempre é preciso ir ao Alasca. E a água que corria ali dentro também tinha um gosto que eu nunca havia experimentado antes, e eu nem saberia como explicar, porque o senhor sabe que os gostos e os cheiros são difíceis de explicar fora dos exemplos concretos, como quem dissesse cheiro de alho ou gosto de salame; mas eu diria que aquela água tinha gosto de céu, e de fato vinha direto do céu.

"Nem quanto à comida havia problemas, porque tínhamos levado tudo o que precisávamos e depois recolhemos lenha pelo caminho e até acendemos uma fogueira e cozinhamos como se fazia antigamente; e, quando veio a noite, nos demos conta de que tínhamos sobre a cabeça um céu como eu nunca tinha visto nem sonhado, tão carregado de estrelas que me parecia quase excessivo, quero dizer, que para duas pessoas como nós, gente da cidade, um montador e uma professora, era um exagero e um luxo desperdiçado. Como somos malucos aos vinte anos! Pense que passamos quase a metade da noite nos perguntando por que as estrelas são tantas assim, para que servem, desde quando existem, e também para que nós servimos, e assim por diante, como o que acontece depois da morte, em suma, perguntas que para quem tem a cabeça no lugar não fazem nenhum sentido, especialmente para um montador. E a segunda metade da noite passamos como o senhor imagina, mas num silêncio tão completo e numa escuridão tão espessa que tínhamos a sensação de estar em outro mundo, e isso quase nos dava medo, mesmo porque de vez em quando se ouviam rumores incompreensíveis, como trovoadas distantes ou como um muro que desmoronasse: distantes mas profundos, que faziam a rocha tremer sob nossas costas.

"Mas depois, a certa altura da noite, começamos a ouvir um barulho diferente, e aquele, sim, me deu um medo sem nenhum quase, um medo seco, tanto que meti os sapatos e fiz o gesto de sair ao ar livre para ver o que era, mas com uma convicção tão escassa que, quando a garota me disse num sussurro 'Não, não, fique aqui para não passar frio', imediatamente recuei e me enfiei debaixo das cobertas. Parecia uma serra, mas uma serra de dentes esparsos e cegos, como se tentasse serrar a chapa da barraca, e a barraca funcionava como uma caixa de ressonância e produzia um alarido estranhíssimo. Raspava com esforço, um ou dois golpes e depois silêncio, e depois de novo com uma ou duas batidas; entre uma raspada e outra se ouviam uns roncos, como acessos de tosse. Moral da fábula: com a desculpa do frio, ficamos fechados ali dentro até que vimos um fiapo de luz ao redor da porta; quanto aos barulhos de serra, não se ouviam mais, somente um resfolegar sempre mais suave. Fui para fora e encontrei um cabrito montês arreado contra a parede da barraca: era grande, mas parecia doente, e muito feio, todo despelado, e babava e tossia. Talvez estivesse morrendo, e nos deu pena pensar que tivesse querido nos acordar para que o ajudássemos, ou que tivesse querido morrer perto da gente.

"E então? Foi como um sinal, como se, raspando com os chifres contra a chapa, quisesse nos dizer alguma coisa. Eu achava que estava começando alguma coisa com aquela garota, e no entanto estava acabando. Passamos todo aquele dia sem saber o que nos dizer; mas tarde, depois que voltamos a Turim, eu ligava para ela e a convidava para sair, e ela não dizia que não, mas concordava com um ar muito evidente de me deixe em paz. Não sei, vai ver que tinha encontrado alguém mais certo do que eu, talvez justamente um desses que carimbam postais; e não que ela não tivesse razão, considerando a vida que eu levo hoje. Por exemplo, agora estaria sozinha."

A porta se escancarou, e junto com uma lufada de ar cheirando a cogumelos entrou um motorista embrulhado num impermeável brilhante de chuva: parecia um homem-rã. Deu a entender que o carro tinha chegado e que nos esperava lá fora, em frente ao portão. Explicamos a ele que precisávamos seguir duas direções diferentes, mas ele respondeu que não havia problema: primeiro me acompanharia e depois levaria Faussone, ou vice-versa, como quiséssemos. Em frente ao portão não vimos nenhum carro, mas um ônibus de turismo com cinquenta lugares, todos para nós: chegaríamos aos respectivos locais de trabalho; ele, com duas horas de atraso, e eu, com pelo menos três. "País sem tempo", repetiu Faussone.

A dupla cônica

"... porque o senhor não deve acreditar nessa história de que só nós fazemos certos trambiques e que só nós sabemos enrolar as pessoas sem nos deixarmos enrolar. Além do mais, não sei se o senhor viajou muito, mas eu já viajei bastante e vi que não se deve pensar minimamente que os países sejam como são ensinados na escola e como aparecem nas historinhas, sabe como é, os ingleses são todos *gentlemen*, os franceses, *blagueurs*, os alemães, rígidos, e os suíços, honestos. Ah, isso não basta: todo o mundo é aldeia."

Em poucos dias a estação mudara; lá fora caía uma neve seca e densa: de vez em quando uma lufada de vento projetava-se contra as vidraças do refeitório como um punhado de grãos de granizo. Através do véu de nevisco se entrevia ao redor o assédio escuro da floresta. Tentei sem sucesso interromper Faussone para protestar minha inocência: não viajei tanto quanto ele, mas certamente o suficiente para distinguir a vacuidade dos lugares-comuns na qual se funda a geografia popular. Nada a fazer: frear uma narrativa de Faussone é como parar uma onda de ressaca. Àquela altura ele já estava embalado, e não era difícil perceber por trás dos panejamentos do prólogo a corpulência da história que estava ganhando forma. Tínhamos acabado de tomar o café, que era detestável, como em todos os países (me havia explicado Faussone) onde o acento tônico da palavra "café" cai na primeira sílaba, e lhe ofereci um cigarro, esquecendo-me de que ele não é um fumante e que eu mesmo, na noite anterior, me dei conta de que estava fumando demais e tinha feito a promessa solene de nunca mais colocar um cigarro na boca; mas o que fazer depois de um café como aquele e numa noite coma aquela?

"Todo o mundo é aldeia, como lhe dizia. Inclusive este país aqui: porque foi justamente aqui que a história me aconteceu; não, não agora, seis ou sete anos atrás. O senhor se lembra da viagem de barco, de Diferença, daquele vinho, daquele lago que era quase um mar e da barragem que lhe mostrei de longe? Precisamos ir lá num domingo desses, gostaria de mostrá-la porque é uma obra e tanto. Os daqui têm uma mão meio pesada, mas para os grandes trabalhos são melhores que nós, não há o que dizer. Bem, a maior grua do canteiro fui eu que montei: quero dizer, fui eu que organizei a montagem, porque é uma dessas que se montam sozinhas, sobem da terra que nem um cogumelo, e é um espetáculo muito bonito de se ver. Desculpe se volto ao assunto de vez em quando, sobre essa história de montar gruas; a esse ponto o senhor já sabe que sou daqueles que gostam do próprio trabalho. Mesmo que às vezes seja incômodo, como foi justamente naquela ocasião, já que fizemos a montagem em janeiro, trabalhando inclusive aos domingos, e estava tudo congelado, até a graxa dos cabos, que era preciso amolecer com vapor. A certa altura tinha até se formado gelo na estrutura, com dois dedos de espessura e duro feito ferro, e não conseguíamos mais encaixar as peças da torre umas dentro das outras;

ou melhor, deslizar elas deslizavam, mas, quando chegavam lá no alto, não tinham mais o escodimento."

Em geral a fala de Faussone me era clara, mas eu não fazia ideia do que fosse o escodimento. Perguntei a ele, e Faussone me explicou que falta o escodimento quando um objeto alongado passa por um duto retilíneo, mas, quando chega a uma curva ou a um ângulo, empaca, isto é, não escorre mais. Daquela vez, para reativar o escodimento previsto pelo manual de montagem, tiveram que picar o gelo centímetro por centímetro: um trabalho de galinha.

"Enfim, bem ou mal conseguimos chegar ao dia das checagens. Mais mal do que bem, como lhe disse; mas no trabalho, e não só no trabalho, se não houvesse dificuldades, depois seria menos prazeroso contar; e contar, como o senhor sabe — aliás, até me disse isso —, é uma das alegrias da vida. Não nasci ontem, e é claro que já tinha feito a checagem antes, parte por parte, por minha própria conta: todos os movimentos iam às mil maravilhas, e quanto ao teste de carga, nada a dizer. O dia dos testes é sempre como um dia de festa: fiz a barba com capricho, passei a brilhantina (sim, aqui atrás: uns poucos cabelos me restaram), pus o paletó de veludo e cheguei ao local impecável uma meia hora antes do que tínhamos combinado.

"Chega o intérprete, chega o engenheiro-chefe, chega uma daquelas velhinhas que a gente nunca entende por que estão ali, metem o nariz em tudo, fazem perguntas sem cabimento, rabiscam seu nome num pedaço de papel, olham para você com desconfiança e depois se sentam num canto e começam a costurar ceroulas. Chega também o engenheiro da barragem, que aliás era uma engenheira: simpática, competente como o sol, com dois ombros deste tamanho e o nariz quebrado como o de um boxeador. Tínhamos nos encontrado várias vezes no refeitório e até estabelecemos uma certa amizade: tinha um marido que não prestava para nada, três filhos que me mostrou em fotografia, e ela, antes de se diplomar, dirigia tratores nos colcozes. Na mesa era impressionante: comia feito um leão e, antes de comer, virava vodca sem pestanejar. Gosto de gente assim. Chegaram também vários folgados que eu não sabia quem eram: já estavam calibrados de manhã cedo, um levava um cantil de aguardente, e continuavam a beber tranquilamente.

"Por fim chegou o especialista em testes. Era um homenzinho todo escuro, vestido de preto, com uns quarenta anos, um ombro mais alto do que o outro e uma cara de indigestão. Nem parecia um russo, parecia um gato mirrado, sim, um desses gatos que se acostumam a comer lagartixas e depois não crescem, se tornam melancólicos, não lustram mais o pelo e, em vez de miar, fazem hhhh. Mas são quase todos assim, os especialistas em testes: não é um ofício alegre, se o sujeito não tiver um pouco de maldade nunca vai ser um bom especialista nisso, e se por acaso não tiver maldade, ela virá com o tempo, porque quando todos olham feio para você, a vida não é fácil. No entanto eles também são necessários, compreendo perfeitamente, da mesma maneira que são necessários os purgantes.

"Então ele chega, todos fazem silêncio, ele aciona a corrente, sobe pela escadinha e se tranca na cabine, porque naquela época todos os comandos da grua ficavam na cabine. E agora? Agora ficam embaixo, por causa dos raios. Ele se fecha na cabine, grita para baixo para que abram espaço, e todos se afastam. Testa a translação, e tudo vai bem. Desloca o carrinho sobre o braço: ele avança que é uma beleza, como uma barca no lago. Agarra uma tonelada e a levanta: perfeito, como se nem se sentisse o peso. Depois testa a rotação, e aí acontece o deus-nos-acuda: o braço, que aliás é um belo braço de trinta metros de comprimento, gira todo aos arrancos, com rangidos de ferro de apertar o coração. O senhor sabe quando se sente o material trabalhando mal, que empaca, que arranha, e dá uma pena dele como se fosse um cristão. Dá três ou quatro solavancos e depois para seco, e toda a estrutura treme e oscila da direita para a esquerda e da esquerda para a direita, como se dissesse que não, por favor, assim não pode ser.

"Só fiz correr pela escadinha e enquanto isso gritava ao de lá de cima que pelo amor de Deus não se mexesse, não tentasse fazer outras manobras. Chego lá no alto e lhe juro que me sentia como num mar em tempestade; e vejo meu homenzinho todo tranquilo, sentado numa cadeira, já escrevendo seu relatório no livro. Eu na época sabia pouco de russo, e ele não sabia nada de italiano; nos arranjamos com um pouco de inglês, mas o senhor pode imaginar que, entre a cabine que continuava balançando, o atordoamento e a questão da língua, desencadeou-se uma discussão estúpida. Ele continuava dizendo *niet, niet*, que a máquina era *capút*, e que ele não me daria a aprovação do teste; eu tentava explicar que, antes de redigir o relatório, queria avaliar as coisas com mais calma, com a bola parada. Naquela altura eu já tinha minhas suspeitas: primeiro porque, como já lhe disse, um dia antes eu tinha feito meus testes e estava tudo bem; segundo porque fazia dias que eu notara uns franceses andando ao redor, tinha sido aberta uma concorrência para outras três gruas iguais àquela, e eu sabia que, para aquela grua, nós tínhamos vencido por muito pouco, e que em segundo ficaram justamente os franceses.

"Sabe, não é pelo patrão. Só me importo com o patrão até certo ponto, basta que me pague o que é justo e que me deixe fazer minhas montagens do meu jeito. Não, é por causa do trabalho: pôr de pé uma máquina como aquela, trabalhá-la por dentro com as mãos e com a cabeça durante dias, vê-la crescer assim, alta e espigada, forte e elegante como uma árvore, e que depois não caminhe é uma pena: é como uma mulher grávida que tenha um filho torto ou deficiente, não sei se passo a ideia."

Sim, ele passava a ideia. Enquanto eu escutava Faussone, ia-se coagulando em mim um esboço de hipótese que não elaborei posteriormente e que submeto aqui ao leitor: o termo "liberdade" tem notoriamente muitos sentidos, mas talvez o tipo de liberdade mais acessível, mais degustado subjetivamente e mais útil ao consórcio humano coincida com o fato de o indivíduo ser competente no próprio trabalho e, portanto, de sentir prazer ao executá-lo.

"De todo modo: esperei que ele descesse da cabine e depois comecei a averiguar como estavam as coisas. Com certeza havia algo que não ia bem na dupla cônica... qual é a graça?"

Eu não estava achando graça: estava apenas rindo, sem me dar conta. Nunca mais tinha lidado com as duplas cônicas desde que, aos treze anos, tinha parado de brincar com o Mecânico, e a lembrança daquele jogo-trabalho solitário e concentrado, com sua minúscula dupla cônica de latão brilhante e torneado, me comovera por um instante.

"Sabe, são um troço muito mais delicado do que as engrenagens cilíndricas. São inclusive mais difíceis de montar e, se o sujeito erra o tipo de graxa, emperram que é uma beleza. No entanto, não sei, a mim isso nunca aconteceu, mas fazer um trabalho sem nada de difícil, em que tudo corra sempre bem, deve ser um tremendo tédio, e com o tempo deve embrutecer o cidadão. Acho que os homens são parecidos com os gatos, e desculpe se volto ao tema dos gatos, mas é por causa da profissão. Quando não sabem o que fazer, quando não têm ratos para caçar, se agridem entre si e fogem pelos telhados ou sobem nas árvores e às vezes ficam miando porque não sabem como descer. Acredito sinceramente que para viver feliz é preciso ter alguma coisa para fazer, mas uma coisa que não seja muito fácil; ou algo que se deseje, mas não um desejo assim, vago, mas algo que dê a esperança de ser alcançado.

"Mas voltemos à dupla cônica: em cinco minutos entendi logo a armação. O alinhamento, entende? Justamente o ponto mais delicado, porque uma dupla cônica é como se fosse o coração de uma grua, e o alinhamento é... enfim, sem alinhamento, depois de dois giros, a engrenagem só serve para o ferro-velho. Não vou me demorar nos detalhes: alguém tinha estado lá em cima, alguém do ramo, e tinha furado de novo um por um todos os buracos do suporte e tinha remontado a base da engrenagem, que parecia reta, mas estava adulterada. Um trabalho de artista, que eu até teria aplaudido se não tivesse sido feito para me destruir: mas fiquei furioso feito um bicho. É óbvio que tinham sido os franceses, não sei se com as próprias mãos ou com o auxílio de um outro, talvez até do nosso especialista em testes, que tinha tanta pressa em redigir o relatório.

"...Mas claro, com certeza, a denúncia, as testemunhas, a perícia, a disputa judicial: mas enquanto isso permanece sempre como uma sombra, como uma mancha de gordura difícil de apagar. Agora já passaram muitos anos, mas a causa ainda está tramitando: oitenta páginas de perícia do Instituto Tecnológico de Sverdlovski, com as deformações, as fotografias, radiografias e tudo o mais. Como o senhor acha que vai acabar tudo isso? Eu já sei como acaba quando as coisas de ferro se tornam coisas de papel: acabam no lixo."

Anchovas, I

Levantei a boca do prato dizendo a mim mesmo "você quer que eu me recorde":* as últimas palavras de Faussone tinham me ferido fundo. Era justamente ele, o Instituto Tecnológico de Sverdlovski, meu adversário do momento, aquele que me tirara da fábrica, do laboratório, da amada-odiada escrivaninha para me arremessar ali. Assim como Faussone, eu também estava sob a sombra ameaçadora de um processo em duas línguas; eu também chegara ali no papel de acusado. Tinha aliás a impressão de que aquele episódio fosse de algum modo um divisor de águas, um ponto singular do meu itinerário terrestre; de resto, um curioso destino quis que naquele país grande e estranho tenham ocorrido as reviravoltas de minha vida.

Como o papel de acusado é desconfortável, aquela seria minha última aventura de químico. Depois chega: com nostal-

---

* No original, "tu vuoi ch'io rinnovelli", verso de Dante que prossegue: "Disperato dolor che 'l cor mi preme" ["A dor desesperada que me oprime o coração", em tradução livre]. (N. T.)

gia, mas sem ruminações, escolheria outro caminho, já que eu tinha o aprendizado e ainda me sentia com forças para tanto: o caminho do narrador de histórias. Histórias minhas até que eu esvaziasse o saco, e depois histórias dos outros, roubadas, saqueadas, extorquidas ou recebidas de presente, por exemplo, como as dele; ou até histórias de todos e de ninguém, história aéreas, pintadas em um véu, contanto que tivessem um sentido para mim ou pudessem propiciar ao leitor um momento de espanto ou de riso. Há quem diga que a vida começa aos quarenta anos: pois bem, para mim começaria, ou recomeçaria, aos cinquenta e cinco. De resto, ninguém garante que ter vivido mais de trinta anos no ofício de emendar longas moléculas presumivelmente úteis ao próximo, e no ofício paralelo de convencer o próximo de que minhas moléculas lhe eram efetivamente úteis, não ensine nada sobre o modo de emendar palavras e ideias juntas ou sobre as propriedades gerais e específicas de seus colegas homens.

 Após alguma hesitação, e em seguida a meus insistentes pedidos, Faussone declarou-me livre para contar suas histórias, e foi assim que este livro nasceu. Quanto à perícia de Sverdlovski, olhou-me com prudente curiosidade: "Então está aqui por um imbróglio? Não se incomode; quero dizer, não se incomode muito, caso contrário não conseguirá arranjar nada, Acontece nas melhores famílias pegar uma estrada errada, ou ter de consertar os erros de um outro; além disso, não consigo nem imaginar uma profissão sem imbróglios. Ou melhor, sim, há algumas desse tipo, mas não são profissões, são como as vacas no pasto — mas estas pelo menos dão leite, embora depois sejam abatidas. Ou como os velhinhos que jogam bocha nas praças e falam pelos cotovelos. Mas me conte seu problema; desta vez cabe ao senhor, visto que das minhas já lhe contei demais: assim posso comparar. De resto, ouvir as mazelas dos outros nos ajuda a esquecer as próprias".

E eu lhe disse:

"Minha profissão verdadeira, aquela que estudei na escola e que me sustentou até hoje, é a profissão de químico. Não sei se o senhor tem uma ideia clara desse ofício, mas se parece um pouco com o seu: só que nós montamos e desmontamos construções muito pequenas. Dividimo-nos em dois ramos principais, os que montam e os que desmontam, e uns e outros somos como cegos com os dedos sensíveis. Digo como cegos porque justamente as coisas que manipulamos são muito miúdas para serem vistas, mesmo com os microscópios mais potentes; e então inventamos vários truques inteligentes para reconhecê-las sem as ver. Aqui é preciso que o senhor pense uma coisa, que, por exemplo, um cego não tem dificuldade em dizer quantos tijolos há sobre uma mesa, em que posição eles estão e a que distância entre si; mas, se em vez de tijolos fossem grãos de arroz ou, pior ainda, grãos de mostarda, o senhor entende que o cego teria dificuldade em dizer onde estão, porque assim que os tocamos eles se deslocam: pronto, nós somos assim. Além disso, muitas vezes temos a impressão de ser não apenas cegos, mas elefantes em frente ao banquete de um relojoeiro, porque nossos dedos são muito grosseiros diante daquelas coisinhas que precisamos juntar ou separar.

"Aqueles que desmontam, ou seja, os químicos analistas, devem ser capazes de desmontar uma estrutura parte por parte sem danificá-la, ou pelo menos sem danificá-la demais; de alinhar as partes desmontadas sobre o balcão, sempre sem enxergá-las, de reconhecê-las uma por uma e enfim de dizer em que ordem estavam articuladas entre si. Hoje em dia há belos instrumentos que abreviam esse trabalho, mas antigamente se fazia tudo à mão, e era preciso uma paciência inacreditável.

"Mas eu sempre atuei como químico montador, um daqueles que fazem as sínteses, isto é, que constroem estruturas sob medida. Passam-me um modelinho, como se fosse este aqui."

Neste ponto, como várias vezes Faussone fizera para me explicar suas estruturas, também peguei um guardanapo de papel e rabisquei um desenho mais ou menos assim:

$$\begin{array}{c}
\text{estrutura química esquemática com grupos } CO-N, CH_2, NHCO, NHCH_2, NH-CH_2
\end{array}$$

"... ou às vezes faço eu mesmo o modelinho, e depois tenho de me virar. Com um pouco de experiência, é fácil distinguir desde o início as estruturas que podem ficar de pé daquelas que, ao contrário, caem ou se desfazem em pedaços, ou daquelas outras que só são possíveis no papel. Mas somos sempre como cegos, inclusive nos casos melhores, ou seja, quando uma estrutura é simples e estável: cegos, e não temos aquelas pequenas pinças com as quais costumamos sonhar à noite, como alguém que tem sede e sonha com nascentes, e que nos permitiriam pegar um segmento, segurá-lo bem firme e reto e encaixá-lo no lado certo do segmento que já está montado. Se nós tivéssemos essas pinças (e não se sabe se um dia as teremos), já teríamos conseguido fazer coisas tão graciosas quanto as que até hoje só foram feitas pelo Pai Eterno, como, por exemplo, não digo montar uma rã ou uma libélula, mas ao menos um micróbio ou o germezinho de um mofo.

"Mas por enquanto não as temos, e por isso somos montadores primitivos. Somos precisamente como elefantes que receberam uma caixinha fechada contendo todas as peças de um relógio; somos muito fortes e pacientes e chacoalhamos a caixinha para lá e para cá, com todas as nossas forças: às vezes também a aquecemos, porque aquecer é um outro modo de chacoalhar. Bem, às vezes, quando o relógio não é de um modelo muito complicado, de tanto chacoalhar se consegue ao final montá-lo; mas o senhor compreende que é mais razoável chegar a isso pouco a pouco, primeiro montando apenas duas peças, depois acrescentando uma terceira, e assim por diante. É preciso mais paciência, mas de fato se chega antes: na maioria das vezes, fazemos justamente assim.

"Como vê, os senhores têm mais sorte do que nós, porque veem suas estruturas crescendo sob as mãos e sob os olhos, verificando-as à medida que se vão erguendo: e, se errarem, não é necessário muito para corrigir. É verdade que nós temos uma vantagem: cada montagem das nossas não leva a uma única estrutura, mas a muitas numa só vez. Muitas mesmo, um número que o senhor nem pode imaginar, um número de vinte e cinco ou vinte e seis dígitos. Se não fosse assim, claro que..."

"Claro que os senhores iriam cantar em outro terreiro", completou Faussone. "Vá em frente, que sempre se aprende uma nova."

"Poderíamos cantar em outro terreiro, e às vezes vamos de fato: por exemplo, quando as coisas saem tortas e nossos minúsculos andaimes não ficam todos iguais; ou quem sabe todos iguais, mas com um detalhe não previsto pelo modelo, e nós não percebemos logo porque somos cegos. O cliente percebe antes. Aí está, é justamente por isso que estou aqui: não para escrever histórias. As histórias, se tanto, são um subproduto — pelo menos por enquanto. Estou aqui com uma carta de protesto no bolso por fornecimento de mercadoria não conforme ao acordado. Se nós estivermos com a razão, tudo bem, e me pagam até as despesas de viagem; se eles estiverem com a razão, são seiscentas toneladas de produto que deveremos substituir, mais os prejuízos causados, porque será culpa nossa se uma determinada fábrica não conseguir alcançar a cota prevista pelo plano.

"Sou um químico montador, isto eu já lhe disse, mas não lhe disse que sou especialista em vernizes. Não é uma especialidade que eu tenha escolhido por algum motivo pessoal: simplesmente depois da guerra eu precisava trabalhar, precisava muito, consegui uma vaga numa fábrica de vernizes e pensei 'Faça por um tempo'; mas depois o trabalho não me desagradava, e terminei me especializando e permanecendo nele definitivamente. Desde cedo me dei conta de que fazer vernizes é um trabalho estranho: na prática, quer dizer fabricar películas, isto é, peles artificiais, mas que devem ter muitas das qualidades de nossa pele natural, e olhe que não é pouco, porque a pele é um produto precioso. Nossas peles artificiais também precisam ter qualidades contrastantes: devem ser flexíveis e ao mesmo tempo resistir às feridas; devem aderir à carne, isto é, ao fundo, mas a sujeira não deve aderir a elas; devem ter cores belas e delicadas e ao mesmo tempo resistir à luz; devem ser simultaneamente permeáveis e impermeáveis à água, e este ponto é tão contraditório que nem nossa pele é satisfatória, no sentido de que, de fato, ela resiste muito bem à chuva e à água do mar, isto é, não encolhe, não incha e não se dissolve, porém, se passa muito tempo, vêm os reumatismos, e isso é sinal de que um pouco de água atravessou o tecido, e além disso pelo menos o suor também deve passar, mas somente de dentro para fora. Veja que não é simples.

"Tinham-me encarregado de projetar um verniz para a parte interna das latas de conserva, produto que seria exportado (o verniz, não as latas) para este país. Como pele, lhe garanto que deveria ser uma pele excelente: deveria aderir à lâmina estanhada, resistir à esterilização a cento e vinte graus Celsius, dobrar-se à pressão do mandril sem produzir rachaduras, resistir à abrasão quando testada com um aparelho que preciso lhe descrever; mas sobretudo deveria resistir a uma série de agentes agressivos que comumente não se veem nos nossos laboratórios, isto é, às anchovas, ao vinagre, ao suco de limão, aos tomates (não podia absorver a cor vermelha), à salmoura, ao azeite, e assim por diante. Não poderia absorver os odores dessas mercadorias nem lhes transmitir nenhum odor: mas, para ajustar essas características, confiava-se no nariz do especialista em testes. Finalmente, o verniz deveria poder ser aplicado por certas máquinas contínuas, em que de um lado entra a folha da lâmina desenrolando-se do cilindro, recebe o verniz por uma espécie de tambor de impressão, passa ao forno para cozimento e é embalada pelo rolo de expedição; nessas condições, devia resultar num revestimento liso e brilhante, de um matiz amarelo-ouro incluído entre duas amostras de cor anexadas às cláusulas do fornecimento. Está me seguindo?"

"Entendo", respondeu Faussone em tom quase ofendido. No entanto, pode ser que quem não me siga seja o leitor, aqui e em outras passagens, onde se trata de mandris, de moléculas, de rolamentos e de arruelas; bem, não sei o que fazer, peço desculpas, mas sinônimos não há. Mas se, como é provável, aceitou a seu tempo os livros de mar do século XIX, terá também digerido os mastros de proa e as chalupas; portanto se anime, trabalhe com a fantasia ou consulte um dicionário. Poderá ser útil, já que vivemos num mundo de moléculas e de rolamentos.

"Digo logo que não me pediam a invenção de algo novo: já existe um bom número de vernizes assim, mas era preciso cuidar dos detalhes para que o produto passasse por todos os testes previstos, especialmente pelo tempo de cozimento, que deveria ser bastante breve. Na prática, tratava-se de projetar uma espécie de adesivo à base de um tecido de média densidade, com malhas não muito cerradas a fim de que mantivesse uma certa elasticidade, mas não tanto abertas, caso contrário as anchovas e os tomates poderiam atravessá-las. Devia além disso ter muitos ganchinhos robustos a fim de compactar-se e para enraizar-se na chapa durante o cozimento, mas depois devia perdê-los após o cozimento, porque senão poderiam impregnar-se com as cores, os cheiros ou os sabores. Evidentemente não poderiam conter elementos tóxicos. Veja bem, é assim que nós, químicos, raciocinamos: tentamos imitar o procedimento, como aquele seu macaquinho ajudante. Construímos mentalmente um modelo mecânico, mesmo sabendo que é grosseiro e pueril, e o acompanhamos até onde for possível, mas sempre com uma antiga inveja por vocês, homens dos cinco sentidos, que combatem entre céu e terra contra velhos inimigos e trabalham com centímetros e metros, e não com nossas ninharias e redes invisíveis. Nosso cansaço é de outro tipo. Não se faz sentir na espinha dorsal, mas mais acima; não vem depois de uma jornada extenuante, mas quando se tenta compreender e não se consegue. Frequentemente não se recupera com o sono. Sim, hoje à noite me sinto assim; por isso lhe falo dele.

"Portanto, tudo ia bem; tínhamos enviado uma amostra à Agência Estatal, esperamos sete meses, e a resposta foi positiva. Então expedimos um tubo de ensaio para essa empresa, esperamos mais nove meses, e enfim chegou a carta de aceite, a homologação e uma encomenda de trezentas toneladas; logo em seguida, não se sabe por quê, chegou uma nova encomenda, com uma assinatura diferente, de outras trezentas toneladas, esta última urgentíssima. Provavelmente era apenas uma duplicata da primeira, originada de algum imbróglio burocrático; seja como for, estava tudo em ordem, e era justamente o que precisávamos para elevar o faturamento do ano. De repente todos nos tornamos muito gentis, e pelos corredores e galpões da fábrica só se viam largos sorrisos: seiscentas toneladas de um verniz fácil de produzir, todos da mesma qualidade e com um preço nada mau.

"Somos gente conscienciosa: de cada lote retirávamos religiosamente uma amostra e a conferíamos em laboratório, para ter a certeza de que o produto passaria por todas as exigências e cláusulas que lhe mencionei. Nosso laboratório se enchera de odores novos e agradáveis, e o balcão de testes parecia uma mercearia. Tudo ia muito bem, nós nos sentíamos numa verdadeira fortaleza, e toda sexta-feira, quando a frota de caminhões partia com o produto para Gênova, de onde seria embarcado, fazíamos uma pequena festa aproveitando os diversos víveres destinados aos testes, 'para que não estragassem'.

"Depois veio o primeiro alarme: um telex gentil, que nos convidada a refazer o teste de resistência para as anchovas de um lote já embarcado. A garota dos testes deu uma risadinha e me disse que repetiria a checagem imediatamente, mas que estava certíssima dos resultados, pois aquele verniz resistiria até a cações; mas eu sabia como são essas coisas e comecei a sentir pontadas no estômago."

O rosto de Faussone encrespou-se num inesperado sorriso triste: "Ah, sei bem. Quanto a mim, sinto uma dor aqui, do lado direito, acho que é o fígado. Mas, para mim, um homem que nunca passou por um teste negativo não é um homem, é como se tivesse continuado na primeira comunhão. Nem é preciso dizer, são coisas que conheço bem demais; ali, no momento, nos fazem passar mal; mas, se a gente não experimenta isso, não amadurece. É um pouco como os quatro que levamos na escola".

"Eu sabia como são essas coisas. Dois dias depois, chegou outro telex, e esse não era nada gentil. Aquele lote não resistia às anchovas, nem os sucessivos que haviam chegado no meio-

171

-tempo; devíamos enviar imediatamente, por via aérea, mil quilos de verniz garantida, senão bloqueio dos pagamentos e processo por danos. Aqui a febre começou a subir, e o laboratório a entupir-se de anchovas: italianas, grandes e pequenas, espanholas, portuguesas, norueguesas; e deixamos que duzentos gramas estragassem de propósito, para ver que efeito causavam na chapa envernizada. O senhor pode imaginar que éramos todos ótimos em matéria de vernizes, mas nenhum de nós era um especialista em anchovas. Preparávamos testes e mais testes feito loucos, centenas de testes por dia, colocávamos o verniz em contato com anchovas de todos os mares, mas nada acontecia, no laboratório tudo dava certo. Depois nos ocorreu que as anchovas soviéticas pudessem ser mais agressivas do que as nossas. Passamos imediatamente um telex, e depois de sete dias a amostra estava em nossa mesa: tinham sido generosos, era uma lata de trinta quilos, quando trinta gramas bastariam, talvez fosse uma confecção para as escolas ou para as Forças Armadas. E devo dizer que eram excelentes, porque evidentemente as experimentamos: mas nada, nem com elas, nenhum efeito negativo em nenhum dos testes, nem naqueles preparados da maneira mais maliciosa, de modo a reproduzir as condições mais desfavoráveis, pouco cozidos, de espessura escassa, dobrados antes da checagem.

"Entretanto chegara a perícia de Sverdlovski, aquela que mencionei antes. Estou com ela lá em cima, em meu quarto, na gaveta da mesinha, e palavra de honra que fede. Não, não a anchova: deixa passar um cheiro ruim para fora da gaveta, que apodrece o ar, especialmente à noite, porque à noite tenho sonhos estranhos. Talvez seja culpa minha, que me preocupo muito com isso..."

Faussone mostrou-se compreensivo. Interrompeu-me para pedir duas vodcas à garota que cochilava atrás do balcão: explicou-me que era uma vodca especial, destilada ilegalmente, e de fato tinha um aroma insólito, não desagradável, sobre o qual não ousei perguntar.

"Beba, que faz bem. Entendo que o senhor se preocupe: é natural. Quando alguém põe a própria assinatura em alguma coisa, não importa se é uma letra de câmbio ou uma grua ou uma anchova... me desculpe, queria dizer um verniz, precisa ter uma boa resposta. Beba, que assim vai dormir melhor esta noite, sem sonhar com testes, e amanhã com certeza vai acordar sem dor de cabeça: isto é coisa do mercado negro, mas é genuína. Enquanto isso, me conte como terminou."

"Não terminou, e nem eu saberia dizer como vai acabar e quando. Estou aqui há doze dias e ainda não sei quanto vou ficar; todas as manhãs vêm me buscar, às vezes com um carro da empresa, às vezes com uma Pobieda; levam-me ao laboratório e depois não acontece nada. Vem o intérprete e se desculpa: ou falta o técnico, ou falta energia elétrica, ou todo o pessoal foi convocado para uma reunião. Não que sejam grosseiros comigo, mas parece que se esqueceram de que estou ali. Com o técnico, até hoje não conversei mais de meia hora: mostrou-me os testes que eles fizeram, e estou quebrando a cabeça porque não têm nada a ver com os nossos; os nossos saem lisos e limpos, já os deles vêm cheios de pequenos grumos. É claro que aconteceu alguma coisa durante a viagem, mas não consigo imaginar o quê; ou então há algo errado com os testes deles, mas o senhor bem sabe que atribuir a culpa aos outros, especialmente aos clientes, não é uma boa política. Disse ao técnico que gostaria de assistir ao ciclo completo, à preparação dos testes, do início ao fim; pareceu-me contrariado, disse-me que tudo bem, mas depois nunca mais apareceu. Agora, em vez de tratar com o técnico, devo falar com uma mulher terrível. A senhora Kondratova é baixinha, gorda, anciã, com uma cara arruinada, e nao há modo de mantê-la no assunto. Em vez de vernizes, me falou o tempo todo de sua história, e é uma história terrível, estava em Leningrado durante o cerco, o marido e dois filhos morreram no front, e ela trabalhava numa fábrica torneando projéteis, com dez graus abaixo de zero. Ela me dá muita pena, mas raiva também, porque daqui a quatro dias vence meu visto, e como posso voltar à Itália sem ter concluído nada, sobretudo sem ter entendido nada?"

"O senhor disse a essa senhora que seu visto vence daqui a quatro dias?", perguntou-me Faussone.

"Não, não creio que ela tenha nada a ver com meu visto."

"Ouça o que lhe digo, informe isso a ela. Pelo que o senhor me contou, ela deve ser alguém muito importante, e quando um visto está para vencer, os daqui logo entram em ação, porque do contrário são eles que ficam em maus lençóis. Tente: tentar não é pecado, e o senhor não arrisca nada."

Tinha razão. Assim que mencionei o fato de que meu visto de permanência estava para vencer, houve ao meu redor uma mudança surpreendente, como no final das comédias de outros tempos. Todos, e em primeiro lugar a senhora Kondratova, aceleraram bruscamente os movimentos e as palavras, tornaram-se compreensivos e solícitos, o laboratório abriu suas portas, e o preparador de testes colocou-se à minha inteira disposição.

O tempo que me restava era escasso, e antes de tudo quis examinar o conteúdo dos últimos tubos que haviam chegado. Não foi fácil identificá-los, mas consegui depois de umas quatro horas de busca; preparamos os testes com todos os cuidados necessários e obtivemos resultados lisos e brilhantes, e mesmo depois de uma noite passada em contato com as anchovas o aspecto do verniz não mudara. Podia-se concluir que: ou o produto se alterava nas condições locais de armazenagem, ou estava acontecendo algo durante a retirada feita pelos russos. Na manhã de minha partida ainda tive tempo de examinar um dos tubos mais antigos: os resultados dos testes eram suspeitos, estriados e granulosos, mas não havia mais tempo de averiguar melhor. Meu pedido de prorrogação foi negado: Faussone veio despedir-se de mim na estação, e nos deixamos com a promessa recíproca de nos reencontrarmos, ali mesmo ou em Turim; mas mais provavelmente ali. De fato, ele ainda permaneceria por vários meses: junto com um grupo de montadores russos, estava construindo uma dessas escavadoras colossais, da altura de uma casa de três andares, que se deslocam por qualquer terreno marchando sobre quatro patas enormes, como dinossauros pré-históricos; e eu deveria resolver duas ou três coisas na fábrica, mas sem dúvida retornaria dentro de um mês, no máximo. A senhora Kondratova me disse que, por um mês, bem ou mal eles levariam as coisas adiante: justamente naquele dia tinha recebido um comunicado informando que, numa outra fábrica de enlatados, estavam usando um verniz alemão, que ao que parece não apresentava problemas; enquanto se tentava esclarecer o incidente, encomendariam urgentemente uma boa quantidade dele. Porém, com uma incongruência que me espantou, insistiu em que eu voltasse o mais rapidamente possível: "no fim das contas", nosso verniz era preferível. De sua parte, faria de tudo para que eu tivesse um novo visto, prorrogável.

Já que estava indo para Turim, Faussone me pediu que entregasse às suas tias um pacote e uma carta e me desculpasse em seu lugar: ele teria que passar a Semana Santa longe de casa. O pacote era leve mas volumoso, a carta não passava de um bilhete e trazia o endereço numa grafia clara, meticulosa e levemente sofisticada de quem estudou desenho. Recomendou-me que não perdesse o documento de declaração do valor referente ao conteúdo do pacote, e nos deixamos.

As tias

As tias de Faussone moravam numa velha casa na via Lagrange, de apenas dois andares, espremida por edifícios recentes (mas igualmente malcuidados) com pelo menos o triplo de altura. A fachada era modesta, de uma cor terrosa indefinida, da qual despontavam, agora quase indistinguíveis, falsas janelas e falsos balcõezinhos pintados em vermelho-tijolo. A escada B que eu procurava estava no fundo do pátio: parei para observar o pátio, enquanto duas empregadas me olhavam suspeitosas das respectivas áreas de serviço. O recinto e o pórtico da entrada eram revestidos de seixos, e sob o pórtico passavam duas faixas para carro em pedra de Lucerna, sulcadas e gastas pela passagem de gerações de veículos. Num canto havia um lavatório desativado: encheram-no de terra e nele plantaram um salgueiro-chorão. Num outro canto havia um monte de areia, evidentemente descarregada ali para algum trabalho de restauração e depois esquecida: a chuva a erodira em formas que recordavam as Dolomitas, e os gatos escavaram no monte várias covas confortáveis. Em frente estava a porta de madeira de um antigo banheiro, carcomida embaixo pela umidade e pelas exalações alcalinas, mais no alto recoberta por um verniz cinza, que se contraíra sobre o fundo mais escuro, assumindo um aspecto de pele de crocodilo. As duas áreas de serviço corriam ao longo de três lados, interrompidas apenas por cancelas enferrujadas que se prolongavam para fora das grades de ferro em ponta de lança. A oito metros da rua congestionada e pretensiosa, respirava-se naquele pátio um vago cheiro de claustro, misturado ao fascínio despojado das coisas outrora úteis e depois longamente abandonadas.

Encontrei no segundo andar a placa que procurava: Oddenino Gallo. Portanto irmãs da mãe, não do pai; ou talvez tias distantes, ou no sentido vago do termo. As duas vieram abrir a porta, e ao primeiro olhar notei que havia entre elas aquela falsa semelhança que frequente e absurdamente entrevemos entre duas pessoas que, por mais diferentes, conhecemos na mesma situação e ao mesmo tempo. Não, na realidade não se pareciam muito: nada além de um indefinível ar de família, da ossatura sólida e da modéstia decorosa nas vestes. Uma tinha os cabelos brancos, a outra, castanho-escuros. Tingidos? Não, tingidos não: de perto se distinguiam uns poucos fios brancos nas têmporas que confirmavam. Receberam o pacote, me agradeceram e me fizeram sentar num pequeno sofá de dois lugares, bastante gasto e com um formato que eu nunca tinha visto: quase dividido em dois por um estreitamento e com as duas metades dispostas entre si em ângulo reto. Na outra ponta do sofá sentou-se a irmã castanha; a irmã branca, numa poltroninha em frente.

"O senhor permite que eu abra a carta? Sabe, Tino escreve tão pouco... ah, realmente, veja só: 'Caríssimas tias, aproveito a gentileza de um amigo para lhes enviar esta lembrancinha, saudações afetuosas e beijos de quem sempre as recorda, seu Tino', e acabou. Com certeza não está com dor de cabeça. Então o senhor é amigo dele, não é?"

Expliquei-lhes que amigo, propriamente, não, inclusive pela diferença de idade, mas nos conhecemos naquele país distante, passamos muitas noites em companhia, enfim, nos tornamos bons camaradas, e ele me contou muitas coisas interessantes. Percebi um rápido olhar da irmã branca à irmã morena.

"É mesmo?", respondeu a última. "Sabe, com a gente ele fala tão pouco..."

Tentei remediar minha gafe: lá não havia muitas diversões, aliás, nenhuma, e era normal que dois italianos entre tantos estrangeiros conversassem. Além disso, ele me falava quase só do seu trabalho. Como manda o bom costume, tentava dirigir-me de tanto em tanto a ambas as mulheres, mas não era fácil. A tia branca raramente apontava o olhar para mim; na maior parte do tempo, olhava para o chão ou, mesmo que eu me dirigisse a ela, mantinha os olhos fixos nos da irmã morena; nas poucas vezes em que tomava a palavra, dirigia-se à irmã, como se falasse uma língua que eu não poderia entender, e a morena tivesse que ser a intérprete. No entanto, quando era a morena que falava, a branca a olhava fixamente, com o busto levemente inclinado para ela, como se a quisesse vigiar e estivesse pronta a flagrá-la em equívoco.

A morena era loquaz e de humor alegre: em pouco tempo fiquei sabendo muito sobre ela, que era viúva sem filhos, que tinha sessenta e três anos e a irmã sessenta e seis, que se chamava Teresa e a branca, Mentina, que queria dizer Clementina; que seu pobre marido tinha sido foguista da marinha mercante, mas depois, na época da guerra, o embarcaram em navios de combate e ele desapareceu no Adriático, no início de 1943, justamente no ano em que Tino nasceu. Tinham acabado de se casar; já Mentina nunca tinha se casado.

"... mas me fale de Tino; ele está bem, não é? Não está tomando frio naqueles andaimes? E quanto à comida? O senhor já deve ter percebido como ele é. Tem mãos de ouro: sempre foi assim, sabe, desde menino; quando tinha uma torneira vazando ou um problema na Singer ou ruídos no rádio, ele consertava tudo num segundo. Mas também tinha o outro lado da medalha, porque, quando ele estudava, tinha sempre a necessidade de ter na mão alguma coisinha que pudesse desmontar e remontar, e o senhor sabe, desmontar é fácil, mas montar, nem tanto. Mas depois aprendeu e não fez mais estragos." Eu tinha diante de meus olhos as mãos de Faussone: longas, sólidas e velozes, muito mais expressivas que seu rosto. Tinham ilustrado e esclarecido suas narrativas imitando a cada vez a chave inglesa, o martelo; tinham desenhado no ar rançoso do refeitório da empresa as catenárias elegantes da ponte suspensa e as agulhas dos *derricks*, vindo ao socorro das palavras quando elas chegavam a um beco sem saída. Evocaram-me longínquas leituras darwinianas sobre a mão artífice que, fabricando instrumentos e curvando a matéria, tirou do torpor o cérebro humano e que ainda o guia, estimula e arrasta, como faz o cachorro com o dono cego.

"Para nós é como um filho, imagine que morou oito anos nesta casa e que ainda agora..."

"Sete, não oito", corrigiu Mentina, com inexplicável dureza e sem me olhar. Teresa prosseguiu como se nada fosse:

"... e é preciso dizer que nos deu poucos problemas, pelo menos enquanto esteve na Lancia, isto é, enquanto teve uma vida um pouco regular. Agora, é claro que ganha mais, mas, me diga, o senhor acha que se pode ir adiante assim pela vida inteira? Assim, como um pássaro no galho, que num dia está aqui e no outro não se sabe onde, de vez em quando assando no deserto ou então congelando na neve? E sem falar do cansaço..."

"... e do perigo de trabalhar em cima daquelas torres, que só de pensar me dá tontura", acrescentou Mentina, como se reprovasse a irmã e a considerasse responsável.

"Espero que, com os anos, ele se acalme um pouco; mas por enquanto não há nada a fazer: o senhor precisava ver, quando está aqui em Turim, depois de dois ou três dias parece um leão enjaulado, aqui em casa ele quase nunca aparece, e tenho até a suspeita de que às vezes vá direto para alguma pensão e nem apareça por aqui. Aposto que, apesar de ser bem nutrido, se continuar desse jeito vai acabar arruinando o estômago. Aqui em casa é impossível que ele venha fazer as refeições no horário, nunca se senta à mesa com calma e come algo quente e substancioso: parece que está numa cadeira de pregos, um sanduíche, um pedaço de queijo e vai embora, só volta de noite, quando nós duas já estamos dormindo, porque a gente dorme cedo."

"E é claro que gostaríamos de fazer comidinhas especiais para ele, porque para nós duas nem vale a pena, e ele é o único sobrinho que a gente tem, e tempo nós temos de sobra..."

A essa altura a configuração já estava estabilizada, não sem um certo incômodo de minha parte. Teresa falava olhando para mim; Mentina intervinha olhando Teresa, e eu estava escutando tudo com os olhos fixos sobretudo em Mentina, percebendo nela uma acrimônia indefinível. Não entendia se era dirigida contra mim ou contra a irmã ou contra o sobrinho distante, ou contra o destino deste último, que aliás não me parecia tão merecedor de comiseração. Estava percebendo nas duas irmãs um exemplo daquela divergência e polarização que muitas vezes se vê nos casais, não necessariamente de marido e mulher. No início da convivência, as diferenças entre o membro tendencialmente pródigo e o avaro, entre o organizado e o desleixado, entre o sedentário e o nômade, entre o loquaz e o taciturno podem ser exíguas, mas, com o passar dos anos, se acentuam até uma especialização precisa. Talvez se trate, em alguns casos, de uma recusa da competição direta, de modo que quando um membro parece dominar em um determinado campo, o outro, em vez de combater no mesmo front, escolhe um outro, contíguo ou distante; em outros casos ocorre que um dos membros, conscientemente ou não, tenta compensar com seu comportamento as carências do outro, como quando a mulher de um contemplativo ou de um preguiçoso é forçada a ocupar-se ativamente de coisas práticas. Uma diferenciação análoga se estabelece em muitas espécies animais, em que, por exemplo, o macho é exclusivamente caçador e a fêmea detém o monopólio dos cuidados com a prole. Do mesmo modo, a tia Teresa se especializara nos contatos com o mundo, e a tia Mentina se entrincheirara na casa: uma, com os negócios externos, a outra, com os internos, evidentemente não sem invejas, atritos e críticas recíprocas.

Tentei tranquilizar as duas senhoras:

"Não, quanto à alimentação as senhoras não devem se preocupar. Eu vi como Tino vive: no trabalho, é absolutamente indispensável seguir um horário, em qualquer país do mundo; e fiquem também tranquilas porque, quanto mais longe se vai dos países civilizados, maior a probabilidade de comer coisas saudáveis. Às vezes estranhas, mas saudáveis, e assim a saúde não se prejudica. De resto, pelo que pude ver, Tino tem uma saúde de dar inveja, não é verdade?"

"Sim, sim, é verdade", interveio Mentina. "Nunca teve nada, e está sempre bem. Nunca precisa de nada. Não precisa de ninguém." A pobre tia Mentina era transparente: ela, sim, tinha a necessidade de que alguém precisasse dela — Tino, no caso.

Tia Teresa ofereceu-me licor e biscoitinhos de amêndoa, pedindo-me permissão para abrir o pacote que eu trouxera da Rússia. Continha duas estolas de pele, uma branca e uma castanha; não entendo muito, mas tive a impressão de que não se tratava de peles de boa qualidade; provavelmente eram artigos das lojas Beriozhka, quase obrigatórios para o turista que visita Moscou em três dias.

"Que maravilha! E o senhor foi muito gentil por tê-lo trazido até aqui. Desculpe-nos o incômodo: podia pelo menos telefonar, e nós iríamos encontrá-lo. Quem sabe quanto gastou, nosso menino; mas isso é coisa muito fina para nós; talvez ele ache que nós ainda passeamos pela via Roma. Enfim, por que não? Seria uma bela ocasião para recuperar o hábito, não, Mentina? Afinal ainda não estamos decrépitas."

"Tino fala pouco, mas tem sentimento. Nisso, é igualzinho à mãe. À primeira vista, é seco; mas é só aparência."

Concordei por educação, sabendo que estava mentindo. A secura de Faussone não era só aparência: talvez ele não tivesse nascido com ela, talvez no passado ele fosse diferente, mas agora era real, adquirida, consolidada por incontáveis duelos com um adversário que é duro por definição, o ferro de suas estruturas e de seus parafusos, que nunca perdoa seus erros e frequentemente os dilata em culpas. O homem que eu vi, tal como aprendi a conhecê-lo, era diverso daquele personagem que as duas boas tias ("uma esperta, a outra, nem tanto") tinham construído para fazer dele o objeto de seu amor, mornamente correspondido. Seu retiro-ermida da via Lagrange, imune às décadas, corretamente representado pela *causeuse* em que eu estava sentado, era um mau observatório. Ainda que Faussone se permitisse falar um pouco mais, jamais conseguiria ressuscitar entre aquelas tapeçarias suas derrotas e vitórias, seus medos e suas invenções.

"O que Tino precisava", disse Teresa, "era de uma boa garota: o senhor não concorda? Deus sabe quantas vezes pensamos nisso, e muitas vezes até tentamos. E não seria difícil, porque ele também é um rapaz excelente, um trabalhador, não é feio, não tem vícios e até ganha bem. O senhor acredita? Nós arranjamos o encontro, eles se veem, conversam, saem juntos duas ou três vezes e depois a garota vem aqui e começa a chorar: tudo terminado. E nunca se sabe o que foi que aconteceu:

ele nunca fala, e elas, cada uma conta uma história diferente. Dizem que ele é rude, que a obrigou a caminhar seis quilômetros sem dizer uma palavra, que é arrogante, em suma, um desastre, e a esta altura todos já sabem e falam por aí, e nós nem ousamos mais arranjar outros encontros. O fato é que ele talvez não pense no próprio futuro, mas nós, sim, porque temos alguns anos a mais do que ele e sabemos o que significa viver em solidão; e também sabemos que, para estar com alguém, é preciso ter uma residência fixa. Se não, a pessoa acaba se tornando selvagem: quantas encontramos nas ruas, sobretudo aos domingos, que se reconhecem imediatamente, e toda vez que vejo alguém assim penso logo em Tino e me vem uma grande melancolia. Mas o senhor, não sei, numa noite em que estejam conversando com mais intimidade, como acontece entre os homens: o senhor poderia dizer uma palavrinha a ele?"

Prometi que sim, e mais uma vez senti que estava mentindo. Não diria nenhuma palavrinha a ele, não lhe daria conselhos, não tentaria de modo nenhum influir em suas escolhas, contribuir para a construção de seu futuro, desviar o futuro que ele mesmo estava construindo para si, ou seu destino. Somente um amor obscuro, carnal e antigo como aquele das tias poderia supor compreender que efeitos se desencadeariam das causas, que metamorfoses se processariam sobre o montador Tino Faussone ligado a uma mulher e a uma "residência fixa". Já é difícil para um químico antever, sem a prova da experiência, a interação entre duas moléculas simples; e de todo impossível predizer o que ocorrerá a partir do encontro de duas moléculas moderadamente complexas. Mas o que prever sobre o encontro de dois seres humanos? Ou sobre as reações de um indivíduo diante de uma situação nova? Nada: nada de certo, nada de provável, nada de honesto. Melhor errar por omissão que por excesso; melhor abster-se de governar o destino alheio, visto que já é difícil e incerto pilotar o próprio.

Não foi fácil me despedir das duas senhoras. Encontravam sempre novos temas de conversa e manobravam de modo a interceptar o caminho que eu tentava abrir em direção à porta de entrada. Ouviu-se o estrondo de um reator de linha, e da janela da copa, contra o céu já escuro, viu-se o pulsar das luzes de posição.

"Toda vez que acontece isso eu penso nele, que não tem medo de cair", disse tia Teresa. "E pensar que nós nunca estivemos em Milão, e só uma vez em Gênova, para ver o mar!"

Anchovas, II

"São muito boas, não há o que dizer, só que às vezes são meio sufocantes. Obrigado pelo pacote, espero que não tenha perdido muito tempo com ele. Então o senhor também parte na terça-feira? Com o *samoliotto*? Bom, assim fazemos a viagem juntos: afinal, até Moscou a estrada é a mesma."

Era uma estrada longa e complicada, e estava contente de poder fazer uma parte em companhia de Faussone, até porque ele, que já fizera o trajeto várias vezes, a conhece melhor do que eu: conhece especialmente os atalhos. Também estava contente porque minha batalha contra as anchovas se resolvera substancialmente em meu favor.

Chuviscava; de acordo com o combinado, um carro da fábrica deveria nos esperar na praça e nos conduzir até o aeroporto, que ficava a uns quarenta quilômetros dali. Passou das oito, depois das oito e meia; a praça estava cheia de lama e não se via ninguém. Por volta das nove chegou um furgão, o condutor desceu e nos perguntou:

"São três?"

"Não, só nos dois", respondeu Faussone.

"Franceses?"

"Não, somos italianos."

"Precisam ir à estação?"

"Não, devemos ir ao aeroporto."

O condutor, que era um jovem hercúleo e de rosto radiante, concluiu de forma lapidar: "Então subam"; carregou nossas bagagens e partiu. A estrada estava interrompida por várias poças; ele devia conhecê-la bem, porque em algumas avançava sem desacelerar, noutras, as contornava com precaução.

"Também estou contente", disse-me Faussone: "Primeiro, porque já estava começando a ficar cansado desta terra; depois, porque eu estava afeiçoado àquele monstro lá, a escavadora cheia de pernas, e eu a vi montada e terminada; ainda não começou a trabalhar, mas, enfim, a deixei em boas mãos. E quanto à sua história, a dos enlatados de peixe, como acabou?"

"Acabou bem: no final, nós tínhamos razão, mas não foi uma bela história. Foi mais que tudo uma história estúpida; não uma dessas que dão prazer de contar, porque ao contá-la nos damos conta de que fomos estúpidos por não termos entendido as coisas antes."

"Não leve tão a sério", me respondeu Faussone. "As histórias de trabalho são quase todas assim; aliás, todas as histórias em que se trata de entender alguma coisa. Acontece a mesma coisa quando se termina de ler um romance policial e se bate a mão na testa dizendo 'ah, isso!', mas é só uma impressão; é que na vida as coisas nunca são tão simples. Simples são os problemas que nos dão para resolver na escola. E então?"

"Então fiquei em Turim por mais de um mês, refiz todos os testes e voltei para cá seguro de estar com todos os documentos impecáveis. No entanto topei com russos que, por sua vez, alegavam que eram eles que estavam com a razão; tinham examinado várias dúzias de tubos e, segundo eles, pelo menos um tubo em cada cinco apresentava problemas, isto é, produzia testes granulosos; e estava confirmado que todos os testes granulosos, e apenas estes, não resistiam às anchovas. O técnico me tratava com a impaciência que se dispensa aos tontos: ele mesmo tinha feito uma descoberta..."

"Fique longe de clientes que fazem descobertas: são piores que mulas."

"Não, não, tinha descoberto um fato que para mim era grave. Sabe, eu estava convencido de que havia um fator local; suspeitava que a granulosidade fosse causada pela lâmina dos testes ou pelos pincéis que eles usavam para espalhar o verniz; ele me pôs nas cordas, havia encontrado um modo de demonstrar que os grumos já estavam no verniz. Pegou o viscosímetro... não é um instrumento complicado, é uma taça cilíndrica de fundo cônico, que embaixo termina num condutor calibrado; tapa-se o condutor com um dedo, enche-se de verniz, deixa-se que venham à tona as bolhas de ar, depois se retira o dedo e simultaneamente se aciona um cronômetro. O tempo necessário para que a taça se esvazie é uma medida da viscosidade: é um controle importante, porque um verniz não pode mudar seu índice de viscosidade quando está armazenado.

"Bem, o técnico havia descoberto que era possível distinguir os tubos adulterados mesmo sem submeter o verniz aos testes. Bastava observar com atenção o fio de verniz que escorria do condutor do viscosímetro; se o tubo fosse bom, o fio escorreria tão liso e compacto que parecia de vidro; se o tubo fosse ruim, o fio apresentava como interrupções, segmentos: três, quatro ou até mais, por cada medida. Portanto, dizia ele, os grumos já estavam nos vernizes; e eu me sentia como Cristo na cruz e lhe respondia que não se viam de nenhum outro modo, pois de fato o verniz era bem límpido, seja antes da medição, seja depois."

Faussone me interrompeu: "Desculpe, sabe, mas me parece que ele tinha razão: quando se vê uma coisa, é sinal de que ela existe".

"Certo: mas o senhor também sabe que o erro é um bicho tão feio que ninguém quer tê-lo em casa. Diante daquele fiozinho dourado que escorria a intervalos, como se quisesse se rir de mim, eu senti o sangue subir à cabeça, e na cabeça sentia um monte de ideias confusas girando. Por um lado, pensava em minhas checagens feitas em Turim, que foram muito bem. Por outro lado, pensava que o verniz é uma coisa mais complicada do que se imagina. Tenho amigos engenheiros que me explicaram que já é difícil ter certeza de como se comportará um tijolo ou uma mola em espiral com o passar do tempo; bem, acredite em mim, que já lido com ele há tantos anos: o verniz se parece mais com a gente do que com tijolos. Nascem, tornam-se velhos e morrem assim como nós, e quando estão velhos se tornam cretinos; e mesmo quando jovens são cheios de armadilhas, são até capazes de contar mentiras, de fazer de conta que são o que não são, de estarem doentes quando estão saudáveis, saudáveis quando estão doentes. É fácil dizer que das mesmas causas devem derivar os mesmos efeitos: essa é uma invenção de todos aqueles que não fazem as coisas, mas deixam que outros façam. Tente falar disso com um lavrador ou com um professor de escola ou com um médico ou pior ainda com um político: se forem honestos e inteligentes, começarão a rir."

De repente, nos sentimos projetados para o alto, até batermos com a cabeça no teto do veículo. O motorista topara com um cruzamento ferroviário interditado, manobrara bruscamente para a direita metendo-se de viés num fosso, saíra da estrada e agora estava navegando paralelo aos trilhos num campo arado recentemente; virou-se com euforia para nós, não para conferir se estávamos bem, mas para nos gritar uma frase que não compreendi.

"Diz que assim vai mais rápido", traduziu Faussone com um ar nada convencido. Pouco depois, o condutor nos mostrou com orgulho outro cruzamento interditado, nos fez um gesto como se dissesse "viram?" e, num arranque, embrenhou-se por uma subida e retomou a estrada. "Os russos são assim", murmurou Faussone, "ou tediosos, ou loucos. Ainda bem que o aeroporto não é longe."

"O meu, o tal técnico, não era nem louco nem tedioso: era alguém como eu, que recitava seu papel e tentava fazer o que devia: só estava um pouco entusiasmado demais com sua descoberta do viscosímetro; mas devo admitir que, durante todos esses dias, não me senti disposto a amá-lo como recomendaria a Bíblia. Eu precisava ganhar tempo para ordenar minhas ideias e pedi-lhe que me permitisse fazer um programa de controle completo. Àquela altura todos os três mil tubos de nosso fornecimento estavam em seus depósitos, numerados progressivamente: solicitei que fossem testados em ordem inversa, se não todos, pelo menos um em cada três. Era um trabalho estúpido e longo (e de fato passei catorze dias nisso), mas não via outra saída.

"Preparávamos testes durante oito horas por dia, centenas de testes; os que saíam granulosos eram logo descartados, os que saíam lisos eram deixados de noite sob as anchovas: todos resistiam. Após quatro ou cinco dias de trabalho, tive a impressão de entrever uma certa regularidade, mas que eu não conseguia explicar e que não explicava nada: parecia que havia dias bons e dias ruins, quero dizer, dias lisos e dias granulosos. Mas não era uma coisa muito clara, nos dias lisos havia sempre testes granulosos, e nos dias granulosos, um bom número de testes lisos."

Tínhamos entrado no aeroporto; nosso acompanhante se despediu de nós, girou o furgão com um grande barulho de pneus, como se tivesse uma pressa extraordinária, e partiu feito um raio. Seguindo com o olhar o veículo que voava entre duas cortinas de lama, Faussone resmungou: "A mãe dos bizarros está sempre grávida: inclusive nestas bandas". Depois se virou para mim: "Desculpe, espere um momento para contar o resto. A história me interessa, mas agora precisamos passar pela alfândega; me interessa porque uma vez também tive nas mãos um guindaste que certos dias ia bem e outros não; mas depois entendemos, e não era nada de extraordinário, era apenas a umidade".

 Entramos na fila da alfândega, mas logo apareceu uma mulher baixinha de meia-idade, que falava inglês muito bem e que nos fez passar à frente de todos da fila sem que ninguém protestasse: eu estava espantado, mas Faussone me explicou que tínhamos sido reconhecidos como estrangeiros; aliás, talvez a fábrica tivesse avisado por telefone da nossa presença. Passamos num segundo, poderíamos ter exportado uma metralhadora ou um quilo de heroína. Somente a mim o oficial da alfândega perguntou se eu levava livros; eu tinha um, em inglês, sobre a vida dos golfinhos, e ele, perplexo, perguntou-me por que o tinha, onde o havia comprado, se eu era inglês e especialista em peixes. Não era? Então por que o possuía e por que queria levá-lo para a Itália? Depois de ouvir minhas respostas, consultou-se com seu superior e me deixou passar.

 O avião já estava na pista de decolagem, e os lugares estavam quase todos ocupados; era um pequeno turbo-hélice, e seu interior apresentava um aspecto caseiro. Havia famílias inteiras, evidentemente de camponeses; crianças adormecidas nos braços das mães; cestos de fruta e de verdura espalhados por todos os lados e, num canto, três frangos vivos, amarrados juntos pelas patas. Não havia, ou tinha sido eliminada, a divisória que isola a cabine de comando do espaço destinado aos passageiros; os dois pilotos, à espera de receber o sinal para a partida, mastigavam sementes de girassol, conversavam com as aeromoças e (via rádio) com alguém da torre de controle. A aeromoça era uma bela jovem, muito nova, sólida e pálida; não estava de uniforme, vestia uma roupinha preta e usava um xale violeta enrolado negligentemente em torno aos ombros. Depois de algum tempo, deu uma olhada no relógio de pulso, veio em direção aos passageiros, cumprimentou dois ou três conhecidos e disse que se chamava Vera Filíppovna e que era nossa comissária de bordo. Falava com voz baixa e em tom familiar, sem a ênfase mecânica muito em voga entre suas colegas. Depois continuou dizendo que partiríamos dentro de poucos minutos ou talvez em meia hora, e que o voo duraria uma hora e meia ou quem sabe duas. Que por favor apertássemos os cintos de segurança e não fumássemos até a decolagem. Tirou da bolsinha um maço de longos e transparentes saquinhos plásticos e disse: "Se alguém tiver no bolso uma caneta esferográfica, coloque-a aqui dentro".

"Por quê?", perguntou um dos passageiros. "Por acaso este avião não é pressurizado?"

"Sim, é um pouquinho pressurizado, camarada; mas mesmo assim, siga meu conselho. Além disso, as esferográficas muitas vezes também perdem tinta no solo, e todos sabem disso."

O avião decolou, e eu retomei meu relato.

"Como estava lhe dizendo, havia dias bons e dias ruins; depois, em geral os testes feitos de manhã eram piores do que os da tarde. Eu passava os dias fazendo testes e as noites pensando neles, sem conseguir chegar a nenhuma conclusão; quando me ligavam de Turim para saber como iam as coisas, ficava todo vermelho de vergonha, fazia promessas, me delongava, e me parecia estar remando, quero dizer, remando com o barco amarrado ao cais, quando a gente se cansa feito um animal e não avança nem um centímetro. Pensava nisso à noite e até de madrugada, porque não conseguia dormir; de vez em quando acendia a luz e ficava lendo o livro dos golfinhos para que as horas passassem.

"Uma noite, porém, em vez de ler aquele livro, comecei a reler meu diário. Não era propriamente um diário, eram apontamentos que eu fazia dia a dia, um hábito típico de todos os que fazem um trabalho meio complicado — especialmente quando os anos passam, e já não confiamos tanto em nossa memória. Para não levantar suspeitas, não escrevia nada durante o dia, mas fazia meus apontamentos e observações no fim da tarde, assim que voltava para o alojamento — o que, entre parênteses, era uma grande tristeza. Bem, quando os relia, ficava ainda mais triste, porque realmente não produziam nenhum construto. Havia apenas uma regularidade, mas só podia ser obra do acaso: os dias piores eram aqueles em que aparecia a senhora Kondratova, sim, aquela que perdera na guerra os filhos e os maridos, lembra? Talvez fosse por causa das desgraças que sofrera, mas o fato é que a pobre coitada era um peso não só para mim, mas para todos. Eu tinha anotado os dias em que ela aparecia por causa daquela história do visto, porque era ela que tratava disso, ou pelo menos deveria tratar, mas em vez disso me contava seus sofrimentos passados e presentes e me fazia perder tempo no trabalho. Até zombava de mim por causa das anchovas: não acredito que fosse má, talvez não se desse conta de que era eu que pagava pessoalmente, mas com certeza não era alguém que gostássemos de ter por perto: de todo modo, não sou daqueles que acreditam em mau-olhado e não podia admitir que as desgraças da Kondratova pudessem tornar o verniz granuloso. De resto, não tocava nada com as mãos; não aparecia todos os dias, mas, quando vinha, chegava cedo e a primeira coisa que fazia era gritar com todos do laboratório porque, segundo ela, não estava suficientemente limpo.

"E foi justamente a questão da limpeza que me colocou no caminho certo. É muito verdadeiro que a noite é boa conselheira, mas só é se a pessoa não dorme bem e se a cabeça não entra em férias, mas continua a ruminar. Naquela noite eu tinha a sensação de estar num cinema assistindo a um filme péssimo: além de péssimo, a cópia também era ruim, interrompia a todo momento e sempre recomeçava do início, e a primeira personagem que surgia em cena era justamente a Kondratova. Entrava no laboratório, me cumprimentava, fazia a habitual preleção sobre a limpeza e então o filme se interrompia: o que acontecia depois? Bem, após não sei quantas interrupções, a sequência avançava mais alguns quadros e se via a mulher que mandava uma das garotas buscar uns panos de chão; dava para ver os panos de perto, em primeiro plano, mas em vez de panos comuns eram de um tecido esgarçado e branco, parecendo bandagens de hospital. Sabe como é, não é que fosse um sonho milagroso, é provável que eu tenha visto mesmo a cena, mas estava distraído, talvez naquele momento estivesse pensando em outra coisa ou a Kondratova me contasse a história de Leningrado e do assédio. Devo ter registrado a lembrança sem ter percebido no momento.

"Na manhã seguinte a senhora Kondratova não apareceu; disfarcei um pouco e, assim que entrei, fui meter o nariz na gaveta dos panos de chão. De fato eram gazes, gazes e trapos. À força de gestos, de insistências e de intuição, pelas explicações do técnico descobri que era material médico descartado pelos testes. Via-se perfeitamente que o homem se fazia de tonto e se aproveitava de minhas dificuldades com a língua; mas não precisei de muito tempo para entender que era material obtido ilegalmente, talvez com alguma troca ou por relações de amizade. Talvez a verba mensal para os panos de chão não tivesse vindo ou estivesse atrasada, e ele se arranjou como pôde: com boas intenções, naturalmente.

"Aquele era um dia de sol, o primeiro depois de uma semana de nuvens; honestamente, acho que se o sol tivesse aparecido antes, eu também teria compreendido antes o caso dos testes granulosos. Peguei um trapo da gaveta e o sacudi duas ou três vezes; um instante depois, no ângulo oposto do laboratório, um raio de sol que era quase invisível encheu-se de corpúsculos luminosos, que se acendiam e apagavam como os vaga-lumes em maio. Ora, o senhor deve saber (ou talvez eu já lhe tenha contado) que os vernizes são uma raça suscetível, especialmente no que diz respeito a pelos e, em geral, a tudo o que flutua no ar: um colega meu teve de pagar um monte de dinheiro a um proprietário de terras para que ele abatesse uma fila de choupos a seiscentos metros da fábrica, do contrário, em maio, aqueles flocos com as sementes dentro, que são tão graciosos e voam longe, acabariam nos lotes de verniz em fase de refino e os destruiria; e de nada adiantariam mosquiteiros ou telas de proteção, porque os flocos entravam por todas as frestas possíveis, amontoavam-se à noite nos ângulos mortos e, de manhã, assim que as pás de aeração começavam a funcionar, giravam pelo ar como enlouquecidos. Já comigo aconteceu um problema com os mosquitinhos do vinagre. Não sei se os conhece, os cientistas gostam muito deles porque têm cromossomos grandes; aliás, parece que quase tudo que hoje se sabe sobre a hereditariedade foi descoberto às custas deles, fazendo-os cruzar entre si de todas as maneiras possíveis, cortando-os, dando-lhes injeções, deixando-os famintos e alimentando-os com coisas estranhas — por aí se vê que dar na vista é muitas vezes perigoso. Foram chamados de drosófilas e são até bonitinhos, de olhos vermelhos, medindo uns três milímetros, e não fazem mal a ninguém, ao contrário, talvez a contragosto nos tenham feito um grande bem.

"Esses bichinhos gostam de vinagre, não sei bem por quê; para ser mais preciso, gostam do ácido acético que se encontra no vinagre. Sentem o cheiro a uma distância inacreditável, chegam de todas as partes como uma nuvem, por exemplo, atraídos pelo mosto, que de fato contém vestígios de ácido acético; mas, quando encontram um tonel aberto de vinagre, parecem embriagados, voam em círculo feito loucos e muitas vezes se afogam ali dentro."

"Pois é: que nem abelha no mel...", comentou Faussone.

"Quanto ao cheiro... é um modo de dizer, porque esses insetinhos nem têm nariz: sentem o cheiro com as antenas. Mas, em matéria de faro, nos batem de longe, inclusive os cachorros, porque sentem o ácido mesmo quando está misturado, por exemplo, no acetato de etil ou de butil, que são solventes dos vernizes a nitro. Pois bem, tínhamos um esmalte para unhas com uma cor fora de série, demoramos dois dias para pigmentá-lo e o estávamos passando no moinho a três cilindros; não sei dizer como aconteceu, talvez fosse a estação deles ou estavam com mais fome do que de hábito ou a notícia se espalhou de boca em boca, mas o fato é que chegavam em enxames, pousavam nos cilindros em movimento e eram triturados dentro do verniz. Só percebemos no final do processo, não houve jeito de filtrá-lo e, para não jogar tudo fora, o recuperamos num antiferrugem, que acabou ficando com uma bela coloração rosada. Bem, me desculpe se perdi o fio da meada.

"Para concluir, naquela altura eu já me sentia em plena vantagem. Expus ao técnico minha hipótese, que intimamente já considerava uma certeza, tanto que até pensei em pedir permissão para telefonar à fábrica na Itália e comunicar a notícia. Mas o técnico não cedia: tinha visto com os próprios olhos várias amostras de verniz, recém-retiradas dos tubos, que escorriam pelo viscosímetro aos gorgolejos. Como teriam tempo de capturar no ar os filamentos dos trapos? Para ele era claro: os filamentos podiam ter contribuído ou não, mas os grumos já existiam nos tubos que foram fornecidos.

"Portanto era preciso demonstrar a ele (e a mim também) que não era verdade, que em cada grumo havia um filamento.

Tinham um microscópio? Tinham, mas um não muito profissional, que aumentava a imagem apenas duzentas vezes, mas, para o que eu queria fazer, era suficiente; tinha também o polarizador e o analisador."

Faussone me interrompeu. "Um momento. Quando era eu que lhe contava as histórias dos meus trabalhos — e o senhor deve admitir —, nunca abusei. Compreendo que hoje o senhor está contente, mas também não é preciso abusar. Deve contar as coisas de um modo que a gente entenda, senão a brincadeira perde a graça. Ou será que o senhor já passou para o outro lado, o lado dos que apenas escrevem, e os outros que se virem, porque no fim das contas o livro já foi comprado?"

Ele tinha razão, eu tinha me deixado levar. Por outro lado, estava com pressa de concluir meu relato, porque Vera Filíppovna já viera anunciar aos passageiros que pousaríamos em Moscou dali a vinte ou trinta minutos, segundo ela. Por isso me limitei a explicar a ele que existem moléculas longas e moléculas curtas; que somente com moléculas longas tanto a natureza quanto o homem conseguem construir filamentos tenazes; que, nesses filamentos de lã, algodão, náilon, seda e de outros tipos, as moléculas se organizam longitudinalmente e em geral paralelas; e que o polarizador e o analisador são justamente instrumentos que permitem revelar esse paralelismo, mesmo num pedacinho de filamento que mal se vê no microscópio. Se as moléculas estão organizadas, isto é, quando se trata de uma fibra, veem-se belas cores; porém, quando estão dispostas de qualquer jeito, não se vê nada. Faussone deu um grunhido, como se dissesse que eu podia continuar.

"Também achei numa gaveta umas colherinhas de vidro, dessas que se usam em balanças de precisão: queria demonstrar ao técnico que dentro de cada grumo que saía do viscosímetro havia um filamento, e que onde não havia filamento os grumos não se formavam. Ordenei que se fizesse uma limpeza geral com panos molhados, mandei retirar o gaveteiro e à tarde comecei minha caçada: precisava pegar no ar o grumo com a colherinha, enquanto escorria do viscosímetro, e levá-lo imediatamente ao microscópio. Acredito que poderia se tornar um esporte interessante, uma espécie de tiro ao prato que se pode fazer até em casa; mas não era divertido exercitar-me sob quatro ou cinco pares de olhos suspeitosos. Por dez ou vinte minutos não cheguei a nenhuma conclusão; chegava sempre tarde demais, quando o grumo já tinha passado; ou então, levado pelo nervosismo, metia a colherinha num grumo imaginário. Depois aprendi que era fundamental manter-se sentado confortavelmente, ter uma boa iluminação e manter a colherinha muito próxima ao fio de verniz. Levei ao microscópio o primeiro grumo que consegui capturar, e ali havia um filamento; comparei-o com outro que eu tinha retirado propositalmente das bandagens: perfeito, eram idênticos, ambos de algodão.

"No dia seguinte, ou seja, ontem, já estava muito bom nisso e até ensinei o truque a uma das ajudantes; não havia mais dúvida, todo grumo continha um filamento. Era fácil explicar que os filamentos depois serviam de quinta-coluna para grudar as anchovas no verniz, porque as fibras de algodão são porosas e podiam muito bem funcionar como pequenos canais: mas os russos não me perguntaram mais nada e assinaram meu protocolo, despedindo-se de mim com uma nova encomenda de verniz. Entre parênteses: mesmo sem saber muito bem o russo, entendi que, com uma desculpa ou outra, eles me fariam a encomenda de qualquer jeito, porque era claro que o verniz alemão de que me falara a senhora Kondratova no mês anterior se comportava identicamente ao nosso em matéria de grumos e anchovas. E quanto à descoberta do técnico, que tanto me preocupara, soube-se ao final que sua causa era bastante ridícula: entre uma medição e outra, em vez de lavarem o viscosímetro com solvente e depois enxugá-lo, limpavam-no diretamente com os trapos guardados na gaveta, de modo que, em matéria de grumos, o próprio viscosímetro era o pior foco de infecção."

Aterrissamos em Moscou, pegamos as bagagens e entramos no ônibus que nos conduziria ao hotel da cidade. Eu estava bastante desiludido com minha tentativa de revanche: Faussone tinha seguido minha história com o rosto inexpressivo de sempre, quase sem me interromper e sem me fazer perguntas. Mas devia estar seguindo uma linha própria de raciocínio, porque após um longo silêncio ele me disse:

"Então o senhor quer mesmo pendurar as chuteiras? Me desculpe, sabe, mas em seu lugar eu pensaria duas vezes. Veja que fazer coisas que podem ser tocadas com as mãos é uma bela vantagem; é possível confrontá-las e saber quanto valem. A gente erra, se corrige e depois não erra mais. Mas o senhor é mais velho do que eu e talvez já tenha visto muito disso na vida."

... Naturalmente me faltava o capitão MacWhirr. Assim que o visualizei, me dei conta de que era o homem de que eu precisava. Não quero dizer que eu tenha algum dia visto o capitão MacWhirr em carne e osso, ou que jamais tenha topado com seu pedantismo e seu caráter indomável. MacWhirr não é o fruto de um encontro de poucas horas ou semanas ou meses: é o produto de vinte anos de vida, de minha própria vida. A invenção consciente teve pouco a ver com ele. Mesmo que fosse verdade que o capitão MacWhirr nunca tenha caminhado ou respirado nesta terra (o que, na minha opinião, é extremamente difícil de acreditar), posso no entanto assegurar aos leitores que ele é perfeitamente autêntico.

J. Conrad, da nota ao *Typhoon*

ESTA OBRA FOI COMPOSTA EM ELECTRA PELO ACQUA ESTÚDIO E IMPRESSA
EM OFSETE PELA GEOGRÁFICA SOBRE PAPEL PÓLEN BOLD DA SUZANO
PAPEL E CELULOSE PARA A EDITORA SCHWARCZ EM MARÇO DE 2009